Ruína y leveza

JULIA DANTAS

Ruína y leveza

2ª EDIÇÃO
2ª IMPRESSÃO

PORTO ALEGRE SÃO PAULO • 2024

Nada te importa en la ciudad
Si nadie espera

Um

Respondo a Lucho que vamos juntos, não há a menor chance de eu ficar lá embaixo sem ele. Estamos no nível mais profundo da mina, onde terminam os túneis, diante de um estreito poço que permite a entrada de uma pessoa por vez. Os mineiros se enfiam nesses buracos para seguir abrindo caminhos no interior da montanha. Como Lucho e eu queremos descer juntos, nosso guia precisa mandar subir o colega lá de baixo para haver espaço para nós dois. O Fraile dá um grito dizendo ao amigo que suba. Em poucos segundos emerge uma cabeça imunda e de pele ressequida mascando uma enorme bola de folhas de coca em uma das bochechas. O homem escala para fora do buraco, e os rasgos de suas roupas deixam à mostra um corpo petiço e atarracado. Podem descer, diz nosso guia. Lucho pede que eu vá antes, enquanto revira os cabelos para amarrar sua meia dúzia de longos dread locks. A descida é por uma escada de cordas e minha falta de jeito me balança de um lado a outro a arranhar os cotovelos nas paredes pedregosas. Chego ao chão. O poço termina em uma minúscula câmara onde o mineiro abandonou uma picareta e uma lanterna. Sozinha, já me sinto oprimida. Não há altura suficiente para ficar de pé, nem largura o bastante para abrir os braços, então me agacho e espero que Lucho apareça. Me espremo contra as paredes e ele senta à minha frente.

A ideia de visitar a mina de estanho havia sido de Lucho. Ele já estivera ali antes e garantiu que eu não acreditaria até ver com os próprios olhos. Também havia sido ele que me convencera ser uma obrigação conhecer tantas realidades quantas fossem possíveis antes de voltar a Porto Alegre. Por isso viajamos a Potosí, onde Lucho, com sua habitual desenvoltura argentina, me tomou pelo braço, e entramos confiantes e altivos no primeiro boteco que encontramos na periferia da cidade.

Ele sabia que qualquer um que não fosse o dono do bar só poderia ser um mineiro, então escolheu o sujeito mais bêbado no salão e tratou de persuadi-lo a nos dar um tour. Foi assim que conhecemos El Fraile, um homenzinho de fala um pouco gaga que tinha ganhado o apelido de frade por na juventude ter desejado seguir a carreira eclesiástica. Ele abandonou a ideia quando soube que os padres não podem casar e, ironicamente, nunca encontrou esposa.

Depois de nos analisar com lentidão — tivemos que ficar de pé ao lado da sua mesa durante vários minutos para que ele nos olhasse de cima a baixo —, o Fraile disse que nos levaria à mina por dez dólares e uma garrafa de álcool potável. Fechamos negócio e ali mesmo compramos a tal bebida, uma coisa pavorosa que eles misturavam com refrigerante. Talvez não fosse pior que os vinhos da minha adolescência, mas eu devia ter entendido que álcool potável só podia ser mau agouro. Ainda assim, sentamos com o Fraile e combinamos que nos encontraríamos na frente do bar na manhã seguinte.

Lucho e eu chegamos no horário. Esperamos pelo Fraile mais de meia hora e, quando o vimos dobrar a esquina, ele vinha ruminando uma grande ressaca. Nos cumprimentou com menos gagueira que na noite anterior e nos levou até a mina. Não era um passeio com agência turística, então o Fraile pediu desculpas e disse que não havia capacetes para nós dois. Mas os acidentes graves são raros, completou.

Na entrada nos esperava uma estátua do demônio El Tío, cercado por velas e cigarros que, segundo nosso falso frade, compravam proteção aos trabalhadores. Era uma estátua com duas guampas vermelhas e um sorriso que fazia intuir algo maligno, coisa que, de todos modos, deve ser recorrente em imagens de demônios. Lucho largou um cigarro no altar e seguiu caminhando. Puxei-o pelo braço e pedi que ele deixasse mais um, por mim, por via das dúvidas. Uno nunca sabe, ¿verdad?

A mina possui cinco níveis, cada um mais profundo que o anterior. O caminho é mais inquietante que difícil. Cada vez que descíamos a um novo patamar eu tentava não pensar na obviedade de que só havia um caminho para sair, precisamente o mesmo que percorríamos para descer. O primeiro túnel de dez metros que tivemos que cruzar engatinhando teve um quê de divertido, e a primeira escada de cordas que descemos foi aventura, mas conforme se multiplicavam as passagens estreitas e as escadas em podridão, eu pensava que não seria capaz de voltar: aquilo era coisa para se fazer uma única vez na vida. Mas os mineiros estavam ali para negar minha teoria, e não só eles repetiam esse trajeto diariamente como passavam doze horas presos dentro da terra.

Eu acreditara na ideia de "ver com os próprios olhos". Se alguém quer saber como vivem os miseráveis bolivianos, que vá lá e se misture com eles. Mas distribuindo buenos días para aqueles mineiros famélicos cujas caras doentes transpareciam por debaixo do pó grudento de estanho, eu me vi como os gringos que vão à Rocinha no Favela Tour. Explorava a miséria humana para comprar uma "experiência de vida", algo que eu lamentavelmente tinha esperado contar depois em alguma mesa de bar para impressionar amigos. Exceto que a experiência se mostraria impossível de ser contada, não há maneira de comunicar a solidão escura que nasce do perigo e da pobreza quando tomados como naturais. Por cinco dólares, eu tinha o direito de cumprimentar dezenas de homens em capacetes carcomidos e tirar uma foto ao lado deles.

Mas essas eram as regras do jogo, e eu tinha decidido jogar: calei e segui os passos do Fraile e de Lucho pelas veias escuras da mina. Demoramos mais de uma hora até chegar ao último nível. O Fraile levou refrigerante para o colega solitário da câmara subterrânea, então nos disse para tomar o tempo que quiséssemos lá embaixo enquanto eles conversariam em cima.

Apesar do incômodo de estarmos agachados e sem espaço para muito movimento, peço a Lucho que fiquemos ali até eu recobrar forças antes de começar o caminho de volta. O orgulho me impede de dizer, mas eu preciso de uns minutos para controlar o medo que ganha espaço na minha cabeça.

Eu vinha me convencendo com argumentos bastante razoáveis de que eu era capaz de ir até o fim. A claustrofobia é um medo irracional, me dizia, você pode controlá-lo. Não existe motivo para que você não consiga voltar depois. O corpo está funcionando, você só precisa controlar os pensamentos. Você tem água, todos os músculos obedecendo, você pode descer, poderá subir. Isso me trouxe até a câmara do quinto nível, agora preciso cultivar a crença de que isso vai me tirar daqui.

Enquanto eu mentalizo meu pequeno mantra de racionalidade, Lucho brinca com a picareta deixada pelo mineiro atarracado. Faz piruetas no ar com a ferramenta até que a deixa cair quando nos sacode o primeiro tremor. Nossos olhares se buscam para confirmar se realmente sentimos o que parecia havermos sentido.

Sem convicção, Lucho se apressa em dizer tranquila, não será nada. Eu estico a cabeça para fora da câmara. Fraile, tudo bem aí em cima?, grito pelo buraco que havia nos levado até ali. Ele grita de volta que no pasa nada, mas acho que seria melhor vocês subirem. Mal coloco o primeiro pé na escada de cordas e os verdadeiros abalos começam. Escutamos os berros do Fraile, voz esganiçada por medo, ou por surpresa:

— Não se movam!

Lucho me agarra pelas pernas e me puxa para perto dele.

— Fique longe do poço, nena.

É um terremoto. Já não tenho mais dúvidas de que é um terremoto. Não pode ser outra coisa. Estou vivendo o meu primeiro terremoto. Estamos eu e Lucho sentados em uma redoma de terra intranquila, e ele me avisa que vai apagar a lanterna para economizar as pilhas, porque é esse tipo de coisa que se faz em um terremoto, que é o que estamos vivendo. Na total escuridão, ele está encostado contra a parede, eu no meio das suas pernas, e é através dele e pelo chão que sinto os tremores do que eu ainda desejo que não seja um terremoto, embora eu saiba que é um terremoto. Abraço meus joelhos e sinto os de Lucho me apertando pelos lados. Seus cotovelos estão sobre meus ombros. Sinto uma de suas mãos sobre a minha cabeça e imagino que a outra esteja sobre a sua própria. Me invade uma gratidão imensa pela sua proteção e ao mesmo tempo o odeio por ter me levado até ali. Terra e pedregulhos caem sobre nós — é um terremoto — e escuto a voz do Fraile gritar que não nos movamos, que não nos movamos ainda. Ele não está mais gago.

Sei que aqui morro, em terra estrangeira, no fim de um túnel escuro e assustador, abraçada a um argentino, cercada por bolivianos, abandonada a uma tumultuada solidão. Os abalos se manifestam em curtos intervalos e a montanha não parece capaz de aguentar.

Estico as pernas até encostar os pés na parede oposta. Forço as solas dos sapatos contra a terra, como se minha força sozinha pudesse segurar as placas tectônicas. Desenredo os braços das minhas pernas. Espalmo as duas mãos no chão, quero me grudar à superfície na esperança de sacudir menos. A terra fria me assusta. Meus dedos trêmulos, ou dedos firmes em um corpo inteiro trêmulo, tentam se afundar no solo, cavocam entre pedrinhas e fragmentos de metal. Na mão esquerda, a unha do indicador se quebra. Imagino um filete de sangue se misturando à montanha. Talvez a terra queira entrar em mim do mesmo jeito que meu sangue entra nela. Talvez a terra me acolha enfim. Recolho as pernas. Solto os dedos da montanha e agarro um dos joelhos de Lucho. Digo que não posso morrer. Digo que preciso voltar. Parte de mim nunca saiu de casa. Ficou lá, me esperando. Preciso voltar. Minha voz sai engasgada, ou engasgada é como me escuto. Sinto o pó arranhando minha garganta. Não sei se falo português, espanhol ou grunhidos inconcebíveis. Choro e imploro:

— Esqueça tudo que você detesta em mim e continue me abraçando, por favor?

— Está bem — escuto Lucho dizer atrás do meu choro e enquanto tento secar as lágrimas esfregando os olhos na sua calça, ele rende as mãos que nos protegiam e me aperta contra o peito.

— Lucho, por favor, fale comigo.
A voz grave e cuidadosa responde:
— Uma vez conheci um vendedor de chifles e ele buscava um amor.

Dois

Meses antes, eu descia de um ônibus atrás de Lucho e ele gritava:

— Pero, Sara, que hacés? Si te faltan como tres horas para llegar a Huancavelica?

O sotaque argentino ainda me confundia, tanto pior porque ele falava aos pulos e abanava para o ônibus que se afastava. Precisei de duas repetições até entender que nós não estávamos em Huancavelica. Corri atrás do ônibus aos berros, mas ele já ia longe. Voltei brigando com Lucho:

— Você disse que ia para Huancavelica! Você desceu do ônibus, eu desci também.

— No, flaca, yo venía a Huancayo.

— Huancavelica!

— Huancayo — ele reforçou a última sílaba. — ¿Escuchás?

Quis matá-lo.

— Olha. Não sei. Pode ser. Que merda, Lucho. Por que você tinha que sentar em outro banco? Se você estivesse ao meu lado eu não teria seguido você e não estaria nesse fim de mundo. Ora, inferno. E agora sabe deus quando passa outro ônibus nessa bosta de cidade, e...

Lucho não dava bola para o que eu dizia e apenas sacudiu a cabeça antes de falar muito rápido coisas que não pude entender. A cada dez palavras, ouvi um la puta madre, e isso foi tudo. Lucho se calou, chutou uma pedra e saiu a caminhar para longe. Quis ir atrás dele porque não fazia a mais puta ideia de onde estava, mas meu orgulho me manteve firme no lugar, parada, de pé, no meio da estrada, no meio da cidade cujo nome eu já esquecera. Joguei minha mochila nas costas e, sem nenhum outro recurso, olhei aos céus. Agarrei a ágata negra do meu colar na esperança de que, além de memórias, ele me trouxesse o pragmatismo de Henrique, como se os presentes que as pessoas nos dão estivessem para sempre contaminados pela sua personalidade. Lucho estava a uns cem metros e não olhara para trás nenhuma vez. Até que ele deve ter sentido uma pontada de pena e gritou, sem nem se virar na minha direção, che!, andá, conozco un lugar barato. Meu orgulho evaporou e fui.

Eram quatro da manhã em Huancayo. Um lugar aonde eu nunca pensara em ir e no qual não havia nada além de uma avenida principal, táxis, farmácias e um bar. Em pouco tempo eu descobriria que sempre há um bar, não importa o buraco onde você se meta. Mas até então, eu não sabia de nada, e Lucho não tinha interesse em me explicar. Em uma rua lateral, a uma quadra da avenida, achamos a hospedagem.

O alojamento não passava de uma casa sem janelas onde a ventilação ficava por conta de um vão entre a parede e o teto. Todos os cômodos cheiravam a mofo e a iluminação quase inexistia. As paredes tinham sido cobertas com antigos outdoors de refrigerantes e o telhado tinha maior número de goteiras do que de telhas. Lucho pediu dois quartos. No meu, uma cama velha e um cabide no qual não tive coragem de pendurar nada por medo de causar o desmoronamento da parede. Incorporei meu espírito aventureiro (escasso) e decidi não notar os cocôs de rato no canto do quarto. Os donos do lugar foram simpáticos o bastante para me emprestar uma toalha e me entregar um rolo de papel higiênico, apontando que o banheiro ficava no fundo do corredor à esquerda e anunciando com orgulho que havia água todos os dias das duas às três e das seis às oito.

Era o oposto do hostel que havíamos ficado em Lima, e Lucho me salvava pela segunda vez em questão de dias. Acontecera que o voo mais barato para ir de Porto Alegre à capital peruana envolvia uma conexão em Buenos Aires, e foi no aeroporto portenho que Lucho me encontrou, enquanto eu tentava perguntar a uma funcionária onde ficava meu portão de embarque sem conseguir decifrar a reposta. Ele sabia um pouco de português e falava comigo devagar. Ia tomar o mesmo avião, de modo que mandou segui-lo e embarcamos juntos.

Sentamos longe um do outro. Nos vimos depois na esteira de bagagens do aeroporto limenho. Ele me cumprimentou com um movimento de cabeça e eu gritei gracias quando o vi sair da sala com um pequeno tambor pendurado no ombro. Pouco depois peguei minha mochila e fui a parada de ônibus. Eu sabia que deveria tomar a linha S e descer no Parque Kennedy. Uma vez mais, ali estava Lucho, sentado no meio-fio, parecendo desapontado.

— Hola — arrisquei —, vas a Miraflores?

No panfleto que eu trazia de Porto Alegre, ficava subentendido que todo mundo que vai à Lima pela primeira vez fica em Miraflores, já que é o bairro mais rico, mais seguro, mais bonito, mais perto da praia, mais cosmopolita, mais turístico (menos limenho, em resumo) de todos os bairros de Lima. Lucho engatou seu espanhol rápido, entrecortado e chiado, e eu mais ou menos compreendi que sim, ele ia a Miraflores, porque algum amigo com quem ele tinha marcado alguma coisa não tinha aparecido, ou qualquer outra situação tinha dado errado, e ele teria que passar um dia na cidade. Que fosse. Envergonhada e cansada demais para seguir experimentando o espanhol, sentei ao seu lado e esperamos o ônibus em silêncio.

No meio do caminho, mostrei o nome e o endereço do hostel em que pretendia ficar, também por apenas um dia, antes de seguir a Huancavelica, onde queria passar duas semanas estudando espanhol. Lucho olhou para minhas anotações de endereço e assentiu com a cabeça, sem dizer nada. Parecia mal-humorado, e me surpreendeu quando me seguiu e se hospedou no mesmo lugar. Ele conversou com a recepcionista e negociou o preço da diária, com a arrogância que eu teria esperado ver em uma celebridade exigindo a suíte presidencial, mas não em um mochileiro abatido depois de oito horas de viagem e em cujo sapato direito sequer havia cadarços. Não sei se a recepcionista pensou que estávamos juntos, se pensou que também era argentina, se apenas quis se livrar de nós, mas ela nos levou a um dormitório de oito camas e me apontou a parte de baixo de um beliche.

Um papel de parede estampado com mapas e selos de passaporte revestia o quarto. Um enorme armário embutido tinha oito portas nomeadas conforme as camas, por sua vez batizadas a partir de bebidas peruanas. Fiquei com a cama Chilcano e Lucho com a Pisco Sour. Os compartimentos desocupados do armário tinham os cadeados pendurados para fora, em chaveiros de lhamas infláveis do tamanho de uma lata de refrigerante. Um hostel descolado, que eu tinha achado na internet e gringos recomendavam como boa atmosfera para *solo travelers*.

Lucho ajeitou suas coisas no canto oposto do quarto e saiu sem me dizer nada. Eu tomei um longo banho quente e subi ao terraço para beber uma cerveja no bar. Alguns outros hóspedes estavam lá, a maioria estrangeiros com cara de nórdicos, garbosamente altos, incrivelmente loiros, com olhos transparentes de tão claros e todos ainda mais bonitos contra a luz laranja do pôr do sol. Eu, o ordinário ser humano em meio a elfos. Sentei sozinha junto ao balcão. Na lista de cervejas, apenas uma tal Cuzqueña e Stella Artois. Pedi uma Stella, ainda era cedo para arriscar no desconhecido.

Levou poucos minutos para que um dos loiros viesse pedir um mojito no balcão e falou comigo em inglês como se inglês fosse a língua óbvia para duas pessoas conversarem no Peru. Ele disse que seu grupo de amigos era da Dinamarca, me convidou para sentar junto com eles. Me aproximei, aliviada de poder conversar em um idioma que eu de fato entendia, e não em um que eu achava que entendia. No meio da conversa sobre favelas cariocas e cães dinamarqueses, vi no balcão, calado e soturno, Lucho, os dreads soltos e o tambor pendurado por uma faixa colorida atravessada no peito. Me olhava fixo. Fui até ele.

— Así que te gustan los gringos? — Lucho me acusou.

— Como los latinos — respondi com certa malícia que não soube por que usei, já que nem ia muito com a cara dele.

De qualquer maneira, Lucho ignorou ou não entendeu minha indireta e discursou sobre sua implicância com os europeus que vinham à América do Sul para fazer festas baratas e conquistar meninas de pele escura. Olhamos para o branco resplandecente do meu braço e rimos. Lucho estava simpático, como se estivesse gostando de alguma coisa pela primeira vez. Seus cabelos muito pretos contrastavam com os olhos castanhos claros e os ombros amplamente espaçados faziam a camiseta cair sobre o tronco como se estivesse em um cabide. Era bonito ao ponto de poder se estragar um pouco com os dreads pesando sobre as costas. Combinamos de ir juntos à rodoviária no dia seguinte, pegaríamos o mesmo ônibus. Me despedi com um beijo na bochecha e fui dormir. Na porta, olhei para trás e o vi se aproximar da dinamarquesa mais embriagada.

Acordei cedo e saí ouvindo a respiração pesada de Lucho embaixo dos lençóis do outro beliche do quarto. Na rua, a baixa temperatura me pegou de surpresa. Uma névoa branca e espessa invadia a cidade. Com um ar úmido, frio e salgado, a maresia do Pacífico escondia o bairro de Miraflores, indiferente às pessoas que precisavam enxergar cinco metros adiante, aos carros que precisavam avançar o sinal, aos trabalhadores que precisavam trabalhar e aos turistas que precisavam tirar fotos em cores vivas. Estava tudo branco em Miraflores e foi com dificuldade que consegui distinguir o pontilhado de surfistas no mar. Do alto do pequeno penhasco que termina no que os limenhos chamam "praia", pude ver alguns valentes banhistas e moças bem abrigadas lutando por conforto quando sentavam sobre os pedregulhos do que eles considerariam "faixa de areia". Não chegava a ser convidativo, mas a vista da longa linha do desfiladeiro que mantém Lima no alto, a salvo do mar, era hipnotizante. Como muralha de antiga fortaleza, enquanto o mar quebra lá embaixo, em eterna ameaça, o penhasco nos ergue à segurança da distância.

Miraflores se mostrou muito diferente do que eu tinha visto emoldurado pela janela do ônibus no trajeto do aeroporto ao hostel. Um bairro tão moderno quanto qualquer moderna metrópole do mundo e afeito à civilidade. Placas vermelhas proibiam as pessoas de urinar na rua, e grupos de voluntários faziam campanha nas esquinas contra o uso de buzinas. Pequenos outdoors advertiam que em Miraflores *los ruidos molestos se multan*.

Uma pequena van me levou ao Centro Histórico. Na metrópole imensa, ir de Miraflores ao centro levou uma hora e meia dentro de um engarrafamento que unia toda Lima em uma única teia de escapamentos desregulados a soltar uma fumaça negra quase sólida. O centro condizia com o que eu tinha imaginado para o Peru: precisei saltar sobre os buracos entre os paralelepípedos, ruídos e buzinas brotavam da terra e despencavam dos céus, as calçadas não guardavam espaço para voluntários e as esquinas onde bueiros cuspiam lixo tinham um fedor que deixava claro que ali as pessoas urinavam sem restrições. O trânsito assustava e os ônibus pareciam ter viajado no tempo desde um passado remoto.

Recorri aos museus históricos para fugir das caóticas calçadas. Caminhei entre as minuciosas peças de cerâmica do museu de arte pré-colombiana onde se sucediam colares, joias para narizes, imensos vasos com gravuras de colheitas, pequeninos jarros com formas humanas engajadas em atos sexuais, cabeças com bochechas rechonchudas, flautas primitivas e tecidos — mares de panos coloridos com detalhes em formas geométricas, animais e calendários incas — um caleidoscópio estonteante para inaugurar uma viagem a um país do qual eu nada sabia.

Não conseguia organizar tanta informação de uma vez só. Talvez se eu olhasse por mais tempo ou lesse todas as legendas, mas museus sempre têm essa coisa de serem muito bonitos, muito atraentes, muito obrigatórios como turismo, mas sempre meio entediantes e, de alguma forma, alheios. Obviamente alheios, porque falam de povos que já não existem e coisas que já não acontecem, mas passar por todos esses objetos encarcerados em caixas de vidro faz com que pareçam ter vindo de outro planeta, produzidos por outra espécie.

Já estava nas escadarias da catedral da Plaza de Armas quando notei uma movimentação de soldados e portões no Palácio do Governo. Perguntei o que estava acontecendo a um homem que, sentado nos primeiros degraus, tinha a cara enfiada em um saco de merengues. A resposta veio como um vago "desfile". Uma banda marcial se organizou em um grande bloco retangular e começou a caminhar ao redor da praça. Centenas de pessoas seguiram no mesmo passo e ritmo. Se a banda parava, o público congelava no mesmo instante para observar. Quando a banda voltava a caminhar, a multidão se movia na cadência uniforme, como se todos confabulados em um grande jogo de estátua.

Acompanhei o movimento por três voltas na praça até que a coisa me aborreceu e decidi encerrar o dia. Fora o suficiente para arranhar a superfície de Lima e descobrir que ela tem o que todas as grandes cidades têm. Excessos: de trânsito, de barulho e de pedintes que provam que há, também, um enorme excesso de escassez.

Ao cair da noite, voltei ao hostel para encontrar meu amigo argentino em seu habitual humor indecifrável. Não estava com paciência para conversa, então fomos à rodoviária sem dizer nada. Como se fosse sua atribuição natural, ele se encarregou das negociações da compra das passagens. Se por um lado ele foi gentil o suficiente para conseguir um desconto também para mim, por outro ele escolheu nossos assentos separados por umas oito filas, me deixando colada ao motorista e sentando ele mesmo na parte de trás do ônibus. Interpretei a coisa como um desejo de solidão ou de silêncio, ou só de não repetir cada frase duas vezes para que eu pudesse entender. Me ofendeu um pouco, mas melhor não pensar no assunto.

Na primeira vez que viajava sozinha, sem reserva de hotel, sem tour contratado, sem datas pré-definidas, tudo que tinha era a passagem Lima — Porto Alegre, o que me dava três meses para perambular. Quando decidi vir, todos acharam que eu estava fugindo: das responsabilidades de jovem adulta, de levar o trabalho a sério e construir uma carreira, de tentar a sorte em São Paulo, a cidade-garganta que a todos engole, de trocar o aluguel por um financiamento, de enfrentar o "mundo real" e de "tomar as rédeas da minha própria vida". Eu não sabia muito bem por que o mundo real era obrigatoriamente esse no qual eu por acaso havia nascido e muito menos eu podia imaginar quem tinha segurado as rédeas da minha vida até então. Mas as pessoas diziam essas coisas, e era fácil acreditar que se tratava de verdades.

Eu tinha muito do que fugir, mas ir embora não significava uma fuga, apenas um adiamento. Eu voltaria, me mudaria para São Paulo como manda o protocolo, encontraria trabalho, um apartamento minúsculo em um bairro meio perigoso a três ônibus de distância do centro, teria um novo namorado sério, com quem eu viveria junto, brigaria, faria as pazes, teria um filho, talvez até dois se o dinheiro desse, só não seria agora. Eu precisava de um descanso, umas férias da vida antes de começar a vida em si, antes de trilhar o caminho que nunca me pareceu ruim, ainda que tampouco me parecesse especialmente bom, mas era bom o bastante, honesto e simples. Eu não queria fugir, apenas viver algo diferente para contar em festas e aos meus futuros netos. Queria tirar fotos de lhamas, comer pratos estranhos, criar bolhas nos pés em alguma trilha de alguma montanha. Não me importava muito quais coisas me aconteceriam, desde que coisas me acontecessem.

Deixando Lima para trás, sentei à janela do ônibus. As colinas peruanas não eram tão diferentes das coxilhas do Rio Grande do Sul. As ovelhas eram menores, as poucas vacas mais magras, apareciam aqui e ali lhamas ou alpacas ou vicunhas — eu não sabia a diferença — e pequenas casas de barro perdidas no meio das montanhas, onde seria impossível viver, mas, ainda assim, pessoas caminhavam ao redor delas, naquela imensidão sem fios de luz, e enquanto me perguntava como fazia essa gente para comprar farinha ou tomar banho, dormi apoiada contra o vidro. Depois de horas sem sonhos, acordei e vi Lucho descendo do ônibus. Corri atrás dele, desci na cidade errada, brigamos e terminamos, uma vez mais, dividindo um dormitório.

Pequena e feia Huancayo. Na manhã seguinte à nossa chegada, tomávamos café na cozinha do hostel quando perguntei a Lucho o que ele queria ali. Sua resposta foi me perguntar se eu não tinha pesquisado nada a respeito do Peru antes de embarcar na minha aventurazinha burguesa. Bem-vindo de volta, querido amigo cínico. É por pessoas como você, ele dizia e me apontava uma banana, que antigos vilarejos autênticos se transformaram em uma reencenação das imagens prometidas pela National Geographic. Os lugares passaram a copiar o que as revistas estampam, ao invés das revistas retratarem o que os lugares são. E toda a magia que um dia possuíram está agora enterrada sob os escombros da exploração turística e a ignorância deslumbrada de tontos endinheirados, e a cultura local está transmutada em produto vendável e decorativo. Culpa sua e de pessoas como você.

Sou pouco paciente pela manhã, então reuni todas as palavras do meu tosco vocabulário espanhol para dizer que só porque eu não me caracterizava como uma hippie anarquista de cabelo sujo, isso não fazia de mim uma idiota. Ele riu, como se minha afirmação demonstrasse o contrário. Agora, além de burguesa idiota, eu também era preconceituosa e ignorante. Lucho deu uma breve explicação sobre os dread locks — alguma qualquer merda a respeito de natureza e espiritualidade que eu não tinha saco para ouvir — e sobre como ele não era hippie nem anarquista, mas se alguém se propunha a conhecer um país estrangeiro poderia se dar ao trabalho de ler um pouco antes de se meter no avião. Maldito riponga arrogante. Deixei Lucho na cozinha e fui conhecer o povoado estúpido em que ele tinha me largado.

Todas as ruas eram de terra, exceto as do centro histórico, que consistia em quatro quadras ao redor de uma praça. A maioria das casas tinha paredes de adobe, blocos de barro firme e seco que manchavam de pó vermelho qualquer roupa que neles encostasse. Nas janelas, nada de vidros, e as pessoas se protegiam do frio com lonas plásticas ou o que encontrassem nas ruas: uma antiga porta de madeira, o velho letreiro luminoso de uma farmácia, o tampo de uma mesa de plástico de alguma marca de cerveja. Entre as precárias construções, via os banheiros: casinhas forradas de lona preta equilibrando-se em terrenos úmidos e pantanosos, que indicavam não haver encanamentos, e todos viviam sobre suas próprias fossas. Da confusão de fios elétricos pendurados sobre as casas, ficava difícil adivinhar quem tinha luz. Cachorros caminhavam pelas ruas e galinhas habitavam os pátios. Nas casas mais abastadas, havia um burro, às vezes um porco. Velhos sentavam em bancos de cimento, mulheres penduravam roupas no alto de terraços intermináveis. Por tudo, eu sentia o cheiro de lenha queimando em improvisadas churrasqueiras de latão. Uma casa de tijolos com o anúncio Restaurante Turístico escrito em letras tortas na parede era o único indicativo de contato daquela vila com o mundo exterior.

Até que me deparei com uma lan house. Crianças disputavam jogos de videogame e sentei no último computador vago para pesquisar Huancayo. Aprendi que havia uma cordilheira com picos nevados e um trekking de cinco dias por uma das paisagens mais lindas do planeta, formações rochosas únicas chamadas de bosques de gigantes e ainda lagoas místicas. Se as redondezas eram tão bonitas, podiam fazer um mínimo esforço em melhorar a parte urbana. Já que eu não estava disposta a passar cinco dias caminhando, pouco importava se eu sabia da existência de Huancayo. Ou isso foi o que eu me disse para amenizar o amargor de reconhecer que o hippie tinha razão. Voltei ao dormitório e ele estava atirado na cama. Queria estrangulá-lo e me dava raiva o fato de que seus cabelos tinham cheiro de condicionador de frutas. Como se não tivesse me humilhado duas horas antes, me convidou para tomar uma cerveja. Como se eu não tivesse sido humilhada duas horas antes, aceitei.

Fomos ao bar da avenida. Ele vestiu sua carapuça simpática e eu baixei minhas defesas. A princípio. A noite inteira seria uma sucessão de simpatia, cinismo, ternura, sarcasmo, em um diálogo montanha-russa que ele dominava e eu apenas corria atrás tentando acompanhar. Não bastasse seu humor instável, tínhamos a barreira do idioma. Pude saber que ele havia viajado por cinco anos, retornado a Buenos Aires por um mísero fim de semana e estava de volta na estrada. Ele era carismático à sua maneira, magnético e repelente. E a única coisa à qual parecia se apegar era seu ceticismo. Lucho duvidava de tudo, da bondade humana, de deus, do governo, das organizações sem fins lucrativos, do gerente do supermercado, do síndico, do papa e não acho que acreditasse muito em mim. Minha explicação sobre como tinha embarcado em uma viagem ao Peru não o convencera em absoluto. Tentei explicar sobre as férias da vida, falei sobre o descanso antes de encarar a realidade e as responsabilidades da idade adulta (na qual eu já tinha entrado há algum tempo sem de fato assumir o papel), dei um discurso resumido do aluguel, financiamento, emprego, carreira. Uma versão razoavelmente honesta dos fatos, honesta o suficiente para quem eu acabava de conhecer. Mas Lucho me rebatia com silêncio.

— E por que você não acredita em mim? — perguntei.
— E por que isso seria importante?

Não havia razão para que eu me interessasse por sua opinião, mas eu precisava da sua aprovação, a de um completo desconhecido. Ele tinha muito mais experiência nisso de explorar o mundo e eu começava a duvidar da minha capacidade de passar três meses enfrentando estradas de terra e cidades sem saneamento. Eu precisava da aprovação de alguém, qualquer alguém, e Lucho era a única pessoa à mão. Então, no fim da noite, quando caminhávamos de volta ao hostel e tínhamos alcançado algum nível de intimidade, enlacei meu braço no dele e perguntei se ele achava que eu me sairia bem na minha empreitada latino-americana. Ele interrompeu um passo pela metade, se virou, encaixou as mãos espalmadas nas minhas bochechas, sorriu com um olhar bondoso e disse:

— Acho que você vai ser um tremendo fracasso.

Três

Eu estava no terraço, o meu lugar preferido para passar as vernissages da Galeria WallArt nos altos da Avenida Independência. Escutei passos que se aproximavam, mas não olhei para trás porque era tão linda a noite que eu não queria correr o risco de perder algum movimento das estrelas. Fazia frio, e o ar estava muito quieto, nenhum vestígio dos ventos que costumam derrubar árvores nos invernos porto-alegrenses. A voz de Henrique — que nesse momento ainda era uma voz desconhecida porque esse foi o momento em que pela primeira vez falamos e soubemos da existência um do outro — disse atrás de mim:

— Desculpe interromper, mas eu perdi meu isqueiro, você tem fogo?

Respondi sem me mexer desculpe, não fumo e continuei olhando a noite, até que me dei conta de que algo fora do comum me havia cutucado o ombro e eu quase deixava passar: ele dissera desculpe interromper quando as aparências indicavam que não havia nada a ser interrompido, ainda que ele de fato interrompesse minha noite, minha contemplação da noite, mas não era possível que ele se referisse a isso, ou era?, e porque eu precisava saber, dei a volta e perguntei:

— Interromper o quê?

— Não sei — ele disse fazendo um gesto circular com a mão, abarcando a paisagem para fora da sacada. — Isso que você fazia.

Eu só olhava a noite, eu disse, e apontei para a lua, está linda a lua, e apontei para o rio imóvel lá no fim de onde a vista alcançava, dá até para ver o rio hoje, não há neblina, mas o que eu mais gosto são aquelas duas árvores no topo do morro, vê? São idênticas e nunca se movem. São pinheiros, eu acho. Mas ele disse não são árvores, e eu perguntei como não seriam árvores? e apontei de novo para as duas formas triangulares distantes, pinheiros, evidentemente, mas ele insistiu não, não, não, até parecem, mas eu trabalho lá perto, e aquelas duas coisas triangulares não são pinheiros, são chaminés, umas chaminés com proteção para a chuva. Então eu devo ter parecido muito decepcionada porque ele disse em tom de quem se aproxima de um animal ferido desculpe estragar suas árvores, mas há outras coisas bonitas, vê essas plantas que crescem no telhado em frente?, ele apontava para umas folhagens magrinhas que saíam das frestas entre as telhas do sobrado do outro lado da rua, não são bonitas as plantas que crescem longe da terra?, ele perguntou, e eram mesmo bonitas as plantas do telhado.

Eu ainda não sabia, mas a voz de Henrique entrava na minha vida para não sair. Mesmo quando ele não estivesse comigo, eu escutaria sua voz e seria a ele que eu me imaginaria contando histórias e escutaria sua resposta na minha cabeça antes mesmo de contá-las de verdade, seria para ele que eu faria o esforço de lembrar uma boa piada, antecipando seu riso, seria para ele que eu guardaria um trocadilho espirituoso, porque eu já o escutava divertido repetindo a frase. Mais que o próprio Henrique, sua voz seria mais presente e mais duradoura do que eu poderia ter especulado naquela noite de inverno.

Foi uma estação de caminhadas. Passamos tardes varando calçadas e procurando bancos de praças sobre os quais não houvesse sombra. Tudo muito tradicional: pizza e cinema, barzinho e sofá de casa, banho e café da manhã. Eu já tinha vivido esse tipo de coisa dezenas de vezes e, ainda assim, nunca nada como aquilo. Talvez por Henrique jamais pedir o mesmo sabor de pizza, por não repetir bares, porque havia dias de café sem açúcar, outros de café com leite, dias de café gelado e dias de chá verde. Pequenas distrações da falta de graça da rotina.

Henrique era elegante nos gestos e nas posturas ao ponto de não ser elegante em excesso para não intimidar os outros. Andava com o colarinho da camisa desalinhado, com o cabelo meio centímetro mais longo do que ditariam as regras para o homem sério, com uma mochila esportiva pendurada sobre o ombro direito dando ares de descontração aos seus ternos pretos de corte impecável, como os jovens executivos descolados que ilustram revistas de moda. Mas, mesmo em seu esforço para ser casual, ele não podia evitar um natural ar de superioridade, como se estivesse mantendo em segredo sua verdadeira identidade de monarca de um país distante.

Havia herdado a agência de publicidade após a morte do pai, fato que lhe atribuía, ao mesmo tempo, a conquista profissional e a dor sóbria prematuras. Na época, ele estudava direito, mas quando teve que decidir entre assumir os negócios ou vender a empresa, não quis deixar que o legado do pai desaparecesse junto com o homem e passou de estagiário do setor jurídico a presidente. É claro que foi tachado de incompetente antes mesmo de ter a chance de enriquecer ou afundar a empresa. Mas Henrique conquistou os funcionários com a simplicidade de modos que parecia querer dizer ao falar comigo, eu trago você ao meu nível ao contrário de eu me rebaixo para falar com você. Ele cursou administração, analisou todos os relatórios que o pai guardava no escritório da casa, fez uma pós-graduação em marketing e contratou pessoas mais experientes. A agência seguiu prosperando, e Henrique manteve boas relações com os colegas.

Talvez por isso fosse tão natural que ele sonhasse algum dia largar a propaganda e se tornar diplomata. Eu podia facilmente imaginá-lo almoçando ao lado de líderes mundiais e mediando conflitos entre países. Ele sabia ser ambíguo o bastante para concordar com duas opiniões opostas ao mesmo tempo e carismático o suficiente para que os dois oponentes acreditassem que ele estava sendo sincero com cada um deles e irônico com o outro. No fundo, ele era homem de poucos amigos e muitos contatos. Eu me via como seu vínculo mais forte, a pessoa com quem ele se permitia ser honesto: a única no mundo que o escutava falar mal de alguém ou criticar posturas. Essa posição de confidente me orgulhava. A confidente do futuro diplomata. Eu já podia me ver em viagens internacionais concordando que o diretor do banco mundial era um iletrado e sua esposa não sabia escolher vestidos. Antecipava nossas pequenas fofocas, que seriam ditas à meia-luz em quartos de hotéis espetaculares.

O caminho da diplomacia parecia dado como evidente desde o princípio. Ele estudava para as provas, planejava o curso em Brasília, nosso casamento para que eu o acompanhasse a todo lado. Ainda assim, ele apoiava a minha carreira na publicidade. Me convencia de que eu merecia aumentos (que eu não tinha coragem de pedir), propunha que eu buscasse novas agências (nunca quis que trabalhasse com ele para evitar comentários maldosos), se oferecia para pagar cursos que eu não tinha como bancar. Estava combinado que, quando chegasse o momento, eu abandonaria o emprego em que estivesse para viajar com ele. Cheguei a pensar que ele incentivava minha carreira para que eu tivesse mais opções de trabalho no país em que fôssemos parar, hoje acredito que ele só queria que eu tivesse tópicos de conversação interessantes para entreter os convidados das festas oficiais às quais compareceríamos. Não que isso tivesse me incomodado, eu teria trocado a redação de anúncios por uma vida social em castelos europeus.

Mas a vida não me quis em castelos e, depois de dois anos juntos, veio o momento que hoje eu enxergo como o início da minha jornada sul-americana. O marco final de uma vida e ponto de partida de uma aventura foi a noite em que deixei Henrique. Se eu soubesse que passaria meses revisitando aquela noite, teria me esforçado para vivê-la com mais altivez e profundidade, ou mesmo de forma histérica e exagerada, para que fosse mais bonita, ou triste, ou trágica, mais memorável, enfim, já que apesar de indigna de lembrança, aquela noite dominaria meus pensamentos com mais força, frequência e nitidez do que eu teria gostado. Se eu soubesse que passaria meses repassando cada movimento e frase, teria calçado um salto altíssimo e vermelho, teria falado com mais eloquência e com pausas para respiração nos momentos certos (em vez de pobres sentenças incompletas e murmúrios reticentes), teria balançado na mão uma cerveja de nome sonoro, como Corona, ou Bauhaus, e teria pedido que ele fumasse um cigarro. Assim, eu poderia lembrar daquele momento como quem encena um filme dos anos vinte e eu diria coisas bonitas como tomava uma Corona em goles curtos enquanto observava a fumaça do cigarro que escapava suave pelo seu nariz. Mas não. Nada disso. Eu tinha nos pés umas havaianas desbotadas e usava uma blusa manchada de mostarda e ele recém deixara de fumar, seguindo meu exemplo. Fomos pateticamente maduros e burocráticos quando nos separamos. Tão corriqueiros são os fins de casos amorosos, e tão comum foi o nosso que beirou o insuportável. Eu comecei. Ele entendeu. Choramos. Juntos, abraçados, no conforto da tristeza mútua. Não era uma surpresa, havíamos falado disso muitas vezes. Havíamos iguais vezes decidido tentar um pouco mais, apostar no amor contra o peso das coisas reais, e fomos o suficiente felizes por algum tempo. Até o dia em que eu não pude mais, e ele soube, e nos libertamos, entre alívio, medo e arrependimento. Poucas horas depois, eu tinha encaixotado minhas coisas e ele me levou ao apartamento de Marcela.

Quando Henrique me deixou na frente do edifício, eu sabia que a vida ia mudar. Não era por acaso que eu tinha escolhido Marcela. Ela era a mais festeira, a mais agitada, a mais convicta solteira de todas as minhas amigas e, mais importante, a única que Henrique odiava. Havíamos terminado no que se convém classificar como separação pacífica, mas não significava que não me ressentisse. Marcela me levaria a todos os eventos VIPS da cidade, a todos os coquetéis com bebida liberada, me apresentaria a mil aspirantes a modelos que ganhavam um extra servindo comida em inaugurações de lojas, lançamentos de perfumes ou sessão de autógrafos da última Playboy. Eram os garçons-modelos, uma espécie de homem que nós tínhamos nos acostumado a ver como brinquedos novos, que têm graça no primeiro dia e depois ficam perdidos embaixo da cama.

A ideia de Marcela para curar minhas feridas era me manter ocupada com a maior quantidade possível de bebidas e pretendentes, e isso era o que eu mais apreciava nela. Todos os meus outros amigos queriam conversar, ouvir meus sentimentos profundos, demonstrar sua magnânima compreensão e encontrar o momento oportuno para falar de como eles mesmos tinham sofrido por amor e sobrevivido, e eu logo alcançaria a mesma glória. Eu queria que todos desaparecessem e me deixassem em paz com Marcela, seus destilados e sua total incapacidade de manter um diálogo sentimental por mais de três minutos.

Marcela me apresentava a todo tipo de homem. Dos garçons aos seus chefes, passando pelos primos e gente com quem ela esbarrava no balcão do bar e trazia para a nossa mesa. A maioria me causava bocejos, alguns estavam no limiar da inteligência e pouquíssimos conseguiam chegar à etapa de ser uma decepção depois de terem parecido atraentes. Não contesto que talvez fosse culpa minha. Eu estava desinteressada mais do que eles eram desinteressantes. E foi assim que conheci Fábio, o jovem oficial de justiça que bebia demais; Germano, o anestesista que julgou adequado me dizer que tinha uma tara por pés com joanete trinta minutos depois de me conhecer; Marcinho, o vendedor de pneus de segunda a sexta e aspirante a DJ nos fins de semana; e Rodrigo, o sociólogo que citou Durkheim e contou que estava realizando um estudo sexual empírico que consistia em dormir com o maior número de mulheres possível durante um ano e catalogar todas as palavras que elas dissessem durante o ato porque ele desconfiava que, pelo machismo arraigado na nossa cultura, as mulheres usavam mais pedidos do que ordens na cama. Bocejos. Neguei fazer parte da pesquisa.

Marcela me repreendia por ver defeitos em todos os candidatos e me dizia que assim eu jamais superaria Henrique, que a gente só deixa um amor quando surge outro, mais novo, mais promissor, mais leve. Mas eu vinha me mentindo que não seria difícil viver sem Henrique. Não seria nem um pouco difícil. Havia outros homens no mundo. Paixões arrebatadoras de quinze segundos. Sexo casual, sexo cúmplice. Dinheiro. Diversão. Coisas a serem compradas, coisas a serem doadas, paredes para pintar, quartos para reformar. Viagens. A busca pelo luxo ou pela sabedoria. Música, livros, causas nobres, picuinhas e poder. Existem — confesso — até mesmo as improváveis possibilidades de amor. O único obstáculo eram os restos dele que eu não conseguia matar. Como quem deixa uma perna na guerra e ainda sente coceira no pé inexistente, eu sentia o peso de Henrique no lado desocupado da cama, escutava-o escovando os dentes no banheiro e, quando eu falava sozinha, era com ele que eu conversava, contando meu dia vazio a um quarto vazio.

Precisava preencher lacunas. Me joguei de cabeça no trabalho, voltei a fazer natação, me matriculei em um curso de italiano e levava para casa os caras menos esquisitos que dava para encontrar pelos bares. Mas largar Henrique estava sendo dez vezes mais complicado do que fora largar os cigarros: quando eu via meus dedos tamborilando na mesa ou me dava conta da língua desenhando círculos no céu da boca, bastava comer uma ou duas ou três bolachas de água e sal e a vontade passava. Mas o sistema não funcionava com Henrique, e Marcela me garantiu, em tom bastante grave, que ele não podia ser substituído por bolachas.

Tomávamos cervejas na sala do apartamento dela, depois de um dia de trabalho entediante e uma noite morna de bares vazios. Já a milhas da sobriedade, ela insistia que pessoa alguma jamais poderia ser substituída por bolachas. A não ser o papa, ela agregou, que talvez possa ser substituído por uma enorme hóstia, mas essa é a exceção que comprova a regra.

Como uma provocação da qual me arrependeria, perguntei se, talvez, uma substituição por cigarros, já que eles estavam um nível acima na minha escala de prazeres. Não, Henrique também não poderia ser substituído por cigarros. Ela então sentou na minha frente, entrelaçou os dedos em cima das pernas cruzadas, cobrindo os joelhos, e disse com um tom nostradâmico que nenhuma criatura que eu amasse podia ser substituída por nada. Marcela tinha uma exótica e teatral noção de seriedade.

— Cigarros substituem sexo, talvez, mas não pessoas, Sara.

— O que se faz então?

Ela suspirou como se minha pergunta fosse aquela da criança do fundo da classe que nunca entende que a Europa e a Ásia são grudadas mas não são a mesma coisa. Levantou, caminhou até a poltrona e se sentou bem na beirada. Tinha três rugas na testa. Parecia muito inteligente vista daquele ângulo. Explique-me, Marcela, explique-me as fronteiras políticas.

Perdemos as pessoas ao longo da vida, ela disse, e falou sobre buracos. Cada perda deixa em nós um buraco que nunca mais será preenchido. E assim vamos nos enchendo de buracos, até que sejamos apenas um grande buraco vazio e é aí que morremos. Eu levantei para ligar o som.

— Que grande bobagem. E as pessoas que acham um grande amor, vivem e morrem com ele segurando sua mão?

— Elas também têm buracos. E além do mais, todos morrem sozinhos — se jogou para trás na poltrona. — Sabe por quê?

Caminhei à pilha de livros, já entediada com a conversa.

— Não, eu não sei por quê.

— Porque ninguém pode morrer por você — ela aumentara o tom de voz. — Ninguém pode morrer por você e vamos todos morrer miseráveis!

— Ora, foda-se, Marcela, vou dormir. Faça o mesmo.

Me tranquei dentro do quarto. Ainda escutei Marcela abrindo latas de cerveja na sala. Queria ter seu desapego, a facilidade em aceitar a solidão, o estoicismo diante da insensatez da existência.

Deitei na cama desejando acreditar em deus. Eu, que nunca antes tinha me interessado pelas divindades e pouco me importava se existiam, queria pedir que esse ser superior sentisse pena de mim e me fizesse um pouco melhor. Sempre acreditara que deus fora inventado à imagem da mãe. Um bebê chora e, magicamente, se materializa esta figura boa e generosa que cuida e resolve todos os problemas do mundo, seja fome, um arroto engasgado ou muito sono. Os anos passam e, quando adultos, substituímos o choro pela reza e esperamos que deus venha trocar as nossas fraldas. Era tudo que eu queria, alguém para me tratar como criança, que não me deixasse fazer nenhuma escolha, me desse ordens e obrigações e me recompensasse com cafuné. Queria abrir mão do livre-arbítrio e deixar que alguém comandasse a minha vida pelos próximos cinco minutos ou dez anos.

Eu tinha saudade de Henrique e ao mesmo tempo me arrependia de ter terminado de maneira tão pacífica. Queria ter brigado, gritado, ofendido, ter feito que ele brigasse, gritasse e me ofendesse, e agora todas as coisas não gritadas se acumulavam no peito. A vida com Marcela era divertida mas me ajudava a demolir, noite a noite, o pouco de sensibilidade que me restava. Eu amava e odiava sua casa, desejava e desdenhava seus pretendentes, agradecia e culpava sua hospitalidade. Me endurecia aquela rotina de analisar homens como quem escolhe um novo plano de celular, beber como um personagem do Bukowski e convencer os amigos de que minha vida ia muito bem. Precisava dormir e acordar no corpo de outra pessoa. Só que dormir era impossível e mesmo a cama me inquietava. Meus quadris desenhavam um buraco fundo, meus ossos pressionando as ripas de madeira abaixo do colchão. Então me dei conta de que eu nunca mais dormiria na minha própria cama, que era a minha cama com Henrique. Me dei conta de que eu não vivia mais na minha mente, nem nas formas do meu corpo (estava mais magra porque não tinha apetite, mais pálida porque nunca mais houve fins de semana no parque, mais etérea porque pouco em mim seguia concreto). Eu não estava mais nos meus sapatos, nos meus objetos, no cheiro das minhas roupas, nas palmilhas dos tênis ou nos dedos das luvas. Eu não me reconhecia ali, nem em lugar algum. Só no passado eu parecia fazer sentido. Fiquei no corpo de Henrique, fiz daquelas mãos, pernas e lábios meu registro histórico. Ele era, mais que qualquer outra coisa, minha biografia. E desde que eu havia partido, andava por aí sem mim, sem saber o que fazer com essas pernas e braços, essa cara e voz que eu controlava mas não entendia como nem para quê.

Depois da noite em que despejou verdades brutas no meu colo como se eu fosse capaz de colocá-las para dormir com canções de ninar, Marcela foi passar um fim de semana na casa da mãe em algum ponto perdido do interior gaúcho, uma cidade tão pequena que eu não tinha me incomodado em decorar o nome. Antes de ir, ela me encarregou de não botar fogo na casa, não acabar com seu black label e não criar problemas com os vizinhos, a não ser que coisa genuinamente interessante acontecesse, como um ménage à trois, situação na qual ela me daria salvo-conduto para fazer todas as três coisas. Ela me deu um beijo na bochecha e se despediu dizendo divirta-se, você está precisando. Talvez eu precisasse, mas já nem tinha bem certeza do que era diversão. Sair a bares? Ir ao cinema? Festas? Decidi ficar em casa.

Quando já ia para o final da trilogia do Indiana Jones, Felipe, o jornalista antenado do meu grupo de amigos, ligou e disse que ia ao show da banda hype do momento, que alguma gravadora tinha desenterrado dos bueiros de Rondônia e transformado em uma coisa que misturava rock com folclore e eletrônica com música de raiz e que atormentaria nossas vidas pelas próximas semanas. Respondi que eu não estava a fim, mas ele se ofereceu para me buscar em casa e é difícil fugir quando sabem seu endereço. Então eu fui. Achei que me diverti, quase certeza de que aquilo configurava diversão. Ainda era possível beber, rir e dançar. Voltei para casa com dor nos pés e dormi ainda no vestido preto sem escovar os dentes.

No dia seguinte acordei com a boca seca e me joguei no sofá com uma garrafa d'água para assistir à maratona de reprises de algum seriado que já teve sua última temporada cinco anos atrás. Quando me dei conta de que a dor no meu estômago devia ser fome, vesti a calça de pijama, passei os dedos pelo cabelo e saí. Atravessar o apartamento me chateava, esperar o elevador me chateava, descer os oito andares, dizer oi para o porteiro, é muito fácil se chatear. Caminhei até a padaria, uma quadra e meia, poucas pessoas na rua a essa hora, todas me olhavam com pena. Pijamas podem ser deprimentes, mas nem tanto. Pelo menos cinco mendigos disputavam a calçada comigo, por que olhar logo para mim? Pedi empadinhas de frango. O balconista já me conhecia, jogou os salgadinhos dentro de um saco plástico enquanto perguntava sobre o acidente de carro logo ali na frente. Disse que não vi nada. Foi por volta da uma, ele disse. Eu estava dormindo, respondi. Vi de relance meu reflexo no vidro do balcão dos doces. O rímel que eu passara na noite anterior manchava pelo menos três centímetros abaixo do olho, eu estava com a aparência de um panda drogado. Compreendi os olhares de comiseração.

— Assim está bom?

Era o balconista.

— O quê?

— Assim está bom? Deu quatro e trinta.

— Ah, sim, tudo bem.

Ele me olhou por dois segundos e, jogando mais umas empadas dentro do saquinho, disse:

— Essas são por conta da casa.

Já fazia um tempo eu sabia que o pessoal da padaria me via como um caso de caridade. Eles deviam desconfiar que as bobagens que eu comprava ali representavam noventa por cento da minha alimentação. A mulher do padeiro certa vez me deu um pão integral junto com os pães de queijo que eu havia pedido, porque era mais saudável. Outro dia me perguntou se eu não gostaria de levar um ovo de galinha para casa, estava sobrando, como se numa padaria fossem sobrar ovos.

De volta ao apartamento tudo estava escuro. O sol se pôs, a televisão entrou em stand-by e ninguém estava ali para acender a luz. Apenas eu estava ali para acender a luz. Com Marcela viajando, era eu quem tinha o papel de deixar a luz da cozinha acesa para quando eu mesma voltasse. Eu tinha que deixar alguma coisa na geladeira para quando eu voltasse. Eu devia trancar a porta depois que eu voltasse. Mas insistia em esquecer de mim.

Joguei minhas compras da padaria dentro de um prato fundo e sentei na frente do computador. A ideia de abrir meus e-mails me entediava, a ideia de abrir as redes sociais me entediava, a ideia de jogar paciência até a morte me entediava. Abri o e-mail e vi que Marcos mandara uma mensagem. Estava em

Londres, trabalhando como um escravo em um pub, ganhando menos do que precisava para comer, sem fazer nada além de trabalhar e dormir e roubar comida da despensa do tal do pub, mas era uma experiência única, ele dizia, eu tinha que ir para lá, nossa, como eu tinha que ir para lá e agarrar a vida pelo pescoço e morar com ele e conhecer as drogas mais incríveis do mundo com o salário risível de um lavador de pratos. Marcos garantia que eu me encontraria. Nunca entendi por que raios alguém precisa ir para outro continente passar necessidades e se encontrar. Por que não dá para se encontrar trabalhando mais de doze horas por dia em um bar do Brasil? Por que no próprio país isso seria uma vida suburbana de merda, mas em Londres é uma experiência inesquecível?

Aline estava online, ex-colega de faculdade que largou o curso e se mudou para o Rio de Janeiro. Estava trabalhando em uma loja de shopping, de segunda a segunda, mas ganhando rios de dinheiro em comissão e torrando tudo nas festas mais malucas que já se viu por aí. Sim, eu tinha que ir para o Rio e cheirar cocaína de cima de bandejas. Ela garantiu que não existia vida como aquela. Ela não tinha chance de ir a muitas festas, por causa do serviço, mas as que ela participava compensavam um ano de trabalho. Um ano inteirinho, escreveu. Eu pensaria a respeito.

Por fim, comecei uma conversa com Bruno. Não imaginava a saudade que tinha dele até ver o seu nome. O namorado que eu largara para ir conhecer a França. Minha viagem deu errado, eu nunca fui nem perto da Europa, e Bruno agora estava morando em Caxias do Sul. Trabalhava com veterinária e tinha uma noiva. Fiquei feliz por ele. Comentei que era uma boa vida. Bruno, se não havia mudado nos dois anos que passamos sem nos falar, acendeu um baseado antes de dizer que era tudo uma merda. O emprego, a cidade, a noiva que mandara devolver um vestido porque implicou com o tom do branco e fazia questão de apresentá-lo como médico veterinário, ênfase no médico. Perguntei por que ele não largava tudo. Ele disse que não fazia mais diferença.

Já era tarde para buscar outra coisa. A vida é isso, ele escreveu. Eu queria responder qualquer coisa animadora. A caixinha do bate-papo informava que ele ainda digitava, e logo veio o resumo da sua desistência da vida aos vinte e oito anos de idade: Eu estava a vacinar os bois de uma fazenda das cercanias quando me dei conta de que nunca mais seria feliz. Foi adequado que estivesse sentado em um tamborete de madeira quando me desceu, límpida dos céus, essa certeza fulminante. Não era surpreendente, poderia até ter sido óbvio para um observador externo, mas, por estar eu diretamente envolvido no problema, fiquei abalado.

Ele mantinha a maneira afetada de se expressar e lembrei como isso me irritava quando estávamos juntos. Era impossível ter uma briga decente com Bruno porque ele sempre media as palavras. Respondi que ele estava exagerando, pelo menos ele trabalhava no que gostava e, se estava noivo da garota, algo de bom ela tinha. Ele lembrava dos tempos em que ela era a mulher da vida dele, mas não podia lembrar bem por quê, e o trabalho era um tédio. A vida é isso, ele repetiu.

Escrevi que a vida é isso porque você é cagão demais para mudá-la e me desconectei antes que ele pudesse responder com mais exercícios de estilo. Acabava de garantir mais dois anos sem falar com Bruno. Entre deprimidos e deslumbrados, as mesmas coisas aconteciam pelo mundo todo, o que é equivalente a nada acontecer em lugar algum. Naquela noite, antes de pegar no sono, decidi que no fim de semana seguinte eu sairia da casa de Marcela. Mas quinta-feira conheci Diogo.

Diário de Sonhos # 37,
OUTONO

Caminho por Porto Alegre, exceto que tudo está em preto e branco. Dobro uma esquina e dou de cara com uma televisão gigantesca, do tamanho de seis andares de um edifício. Eu tenho certeza de que são seis andares porque a televisão está acoplada a um prédio, como se fosse uma vitrine, e ela vai da calçada até a altura do sexto andar. Ligada, não está sintonizada em nenhuma estação e transmite apenas linhas cinzas e um chiado inconstante. Estou sozinha na rua e as portas de todas as casas e edifícios estão abertas. O ruído da tevê embala como as ondas do mar. Pouco resta do lado de cá. Decido entrar na televisão, como os personagens de filmes fantásticos, e atravesso a tela como se fosse água. Me sinto abraçada.

Quatro

Fui embora de Huancayo sem me despedir de Lucho. Estaria melhor sozinha do que com ele fortalecendo minhas dúvidas. Peguei um ônibus mais cedo do que havíamos planejado e fui a Nazca. Tinha desistido de Huancavelica por decidir acreditar em algum desígnio supersticioso. Se eu não tinha chegado lá quando planejei, não iria mais.

Desci no centro da cidade com o sol delirante do meio-dia, e seis sujeitos me abordaram para vender o voo sobre as Linhas de Nazca. Não era a recepção que eu esperava. Eu tinha toda essa imagem de chegar a um povoado tranquilo e poeirento e caminhar por ruas vazias até encontrar um velho fumando cachimbo que me contaria lendas do deserto e me indicaria um caminho místico para a iluminação. Em vez disso, só essa meia dúzia de vendedores capengas com crachás, vans estacionadas na praça e um grupo de turistas com cara de cansaço sentados no meio-fio.

Larguei a mochila no chão entre minhas pernas e perguntei preços. Era tudo mais ou menos igual e cada um tinha uma pasta preta com fotos de avionetas. Por mais tentada que eu estivesse a escolher as fotos do avião que parecia em melhores condições, suspeitava que aquelas imagens deviam ser feitas no momento em que o avião saía da fábrica e nunca mais atualizadas. Por essa lógica, fiquei com o cara das fotos menos amassadas e manuseadas. Foi o mesmo que tinham escolhido os turistas do meio-fio e, com mais duas pessoas que vieram no meu ônibus, embarcamos na van.

Atravessando aquele deserto sem fim, tentamos juntos elaborar teorias para as misteriosas linhas traçadas na areia. Os mais de cem desenhos haviam sido estudados ao longo de décadas por uma arqueóloga alemã que nunca chegou a conclusão que ficasse em pé até hoje. Nosso guia, promotor ou piloto de avião — o homem de crachá — acreditava que extraterrestres as fizeram como sinalizações a seus companheiros no espaço. Meus colegas apostaram em calendário gigante, sistema de irrigação, locais de culto, indicações geográficas: as possibilidades eram tantas ou ainda mais que a quantidade de desenhos.

No meio do caminho, a van parou no que aparentava ser o meio do nada, e vi toldos pela areia. Aqui estão as múmias, nos disse o motorista, apresentando uma atração turística que eu nem sabia existir. Descemos e caminhamos em torno de doze buracos na terra. Cada um continha um corpo mumificado, todos agachados abraçando as próprias pernas. A secura do deserto era o que possibilitava a existência daquele museu a céu aberto, não havia umidade nem chuva nem insetos que pudessem deteriorar as múmias. Tiramos nossas fotos, comentamos algum espanto e voltamos ao carro.

O aeroporto de Nazca era o mais assustador que eu já tinha pisado e o aviãozinho onde nos colocariam não deixava por menos. A pista consistia em uma trilha de cimento com muitas rachaduras e poucas luzes laterais. Por sorte, tudo foi rápido o bastante para que eu não pudesse desistir. Passamos por uma salinha, preenchemos nomes, pagamos, agarramos um saquinho plástico para possíveis vômitos, nos acomodaram apertados na aeronave — aspas em "aeronave" — e quando me arrependi já estávamos voando e eu apertava meu saquinho de vômito como quem segura um paraquedas.

Para que pudéssemos ver alguma coisa, o avião precisava fazer curvas que deixavam as janelas paralelas ao chão, manobras que fizeram todos agarrarem-se com afinco aos sacos plásticos. Meu colar sacudia e batia contra meu rosto. Tive que colocá-lo para dentro da blusa. Mas algum fenômeno que não posso nomear — deslumbre, encanto, surpresa — me fez esquecer da existência do meu estômago. Mesmo se julgadas pelos critérios estéticos da arte ocidental contemporânea, as linhas eram limpas e belas e sua inexplicabilidade realçava a beleza. E eram imensas, invisíveis para quem passasse por elas caminhando, só podiam ser observadas do alto. Ali estavam o macaco com rabo em espiral, o beija-flor que parecia uma maquineta, a inconfundível aranha. A que serviam? Pousamos antes que eu pudesse ensaiar um devaneio sobre os propósitos das figuras gigantes no deserto.

De volta ao solo, nos colocaram de novo em uma van e nos levaram ao centro da cidade. O caminho foi de silêncio. O voo emudeceu nossas suposições. Pouco importava por que os antigos habitantes do deserto se dedicaram a projeto tão megalomaníaco, só estávamos agradecidos de que o tivessem feito.

O carro nos deixou no mesmo lugar em que nos recolhera mais cedo. Antes que eu pudesse perguntar onde meus companheiros de van iam dormir, aonde iam à noite, aonde iam amanhã, todos eles se foram a lugares que eu nunca saberia quais eram. Respirei fundo. Eu viera para viver uma aventura, não? Eu queria me virar sozinha, certo? Eu podia encontrar um lugar para dormir e sair para conhecer a cidade e ir a algum bar e me divertir com desconhecidos. Eu podia fazer qualquer coisa. Não seria possível me perder em uma cidade tão pequena. Escolhi um hostel na praça central, ou ele me escolheu, já que a dona do lugar, a alegre e gorducha Señora Flores, me abanava da porta desde que me vira dobrar a esquina e me levou para um dormitório antes que eu pudesse dizer buenas tardes. Também ela decidiu em que cama eu ficaria e ajeitou minha mochila no armário perguntando se eu queria tomar banho agora ou antes de dormir. Interpretando minha confusão como antes de dormir, ela se despediu e disse que eu pegasse a toalha na recepção quando quisesse. Alegre e falante Señora Flores. Deixei minhas coisas como ela havia arrumado e saí para caminhar sem rumo.

Era tão diferente a cidade, e tão diferente não estar com Henrique. Não muito tempo atrás falávamos de viajar. Estranhava pensar que ele não estava comigo no fim das contas. Ele que sempre fora meu ponto de retorno. Agora que eu estava sozinha, minha própria vida parecia um filme. Meu passado parecia o passado de outra pessoa. O que eu pensava para o futuro parecia um roteiro de cinema. E ao mesmo tempo em que a falta de referência me desorientava, me dava liberdade. Por que não uma vida de cinema? Se tudo acaba bem nos filmes, eu só precisava evitar ser algum dos clichês que sempre se dão mal, como a gostosa de camisola em uma mansão vazia, o petulante que vira mártir após uma morte heroica ou o amigo boa praça que é o primeiro a ser comido por um dinossauro. Tudo indicava que não seria uma tarefa difícil.

E o Peru se mostrava um bom começo. O fato de ser todo falado em outro idioma e sem legendas lhe dava um ar de ficção. Tinha povoados minúsculos cercados por paisagens deslumbrantes. Pelas ruas de Nazca, mulheres carregavam seus bebês nas costas embrulhados em panos coloridos. Menininhas de pele queimada guiavam lhamas em coleiras. Ervas medicinais ferviam em caldeirões fumacentos. Mercados ao ar livre exibiam frutas assombrosamente gigantescas em caixotes de plástico e cabeças de porco penduradas em ganchos enferrujados. Velhas senhoras com corcundas conversavam com supostos curandeiros ao segurar pelas mãos crianças de cara redonda. Formavam todo um cenário e elenco.

Almocei entre um vendedor de rua e outro, comendo pedaços de carne de porco frita, rodelas de batata doce e gelatina com creme. Depois caminhei. Não era uma cidade bonita, em absoluto, mas era uma cidade no deserto peruano, um lugar suficientemente improvável para a minha vida. Caminhei uma eternidade em suas ruas de terra, sentei por uma eternidade em um banco da praça apenas para observar o movimento local, andei uma eternidade mais por novas ruelas espichando o pescoço para dentro dos pequenos bares e olhando de relance os artesanatos sobre panos nas calçadas. Depois de caminhar tanto e esgotar todas as minhas possibilidades, talvez fosse hora de me recolher ao hostel. Olhei no relógio para descobrir que gastara apenas duas horas desde que saíra a caminhar. Me restava tanta tarde pela frente e eu não tinha mais a menor ideia do que fazer.

Não havia sentido em voltar à praça, nem almoçar uma segunda vez, não tinha vontade de sentar sozinha em algum bar e beber no meio da tarde: fazia já tempo suficiente que eu deixara de usar o álcool como bengala. Além de tudo, eu era tão obviamente estrangeira, chamava tanta atenção nas ruas de Nazca que me dava vergonha seguir existindo. Eu tão alheia àquela cultura, à maneira como eles estendiam uma manta colorida no chão, ao lado das frutas e verduras que vendiam, e ali montavam uma extensão da casa, as crianças comendo de um lado, a mãe trocando a fralda de um bebê do outro, os homens sentados no chão copiando chaves em máquinas precárias ou bebendo cerveja quente de garrafas de um litro. Tão cômodos ali como estariam na mesa de sua própria cozinha. Tinham a pele marrom-escura, os rostos redondos e indígenas, o corpo baixo e de ângulos quadrados. E ali estava eu, tão branca, a quem o sol queima e machuca, a quem a terra suja, em quem as mordidas de inseto inflamam, no meio dessa gente nascida do sol, feita de terra e irmã de todas as coisas vivas.

Eles me olhavam como se eu fosse uma europeia, uma americana, me cumprimentavam em inglês e eu tinha vontade de dizer parem com isso, eu sou daqui, do país vizinho, sou como vocês, nasci aqui do lado e somos companheiros de continente. Queria trocar de corpo e assumir uma aparência mais latina. Minha pele me traía, denunciava meus genes portugueses e espanhóis, meus genes colonizadores. Mais uma vez me perdi no meu corpo, não sabia o que fazer com esse invólucro que me pertencia mas não me interessava. Meu corpo era uma barreira e eu não entendia por que não podia abandoná-lo quando é óbvio que Eu e ele não somos a mesma coisa. O Eu, essa entidade incorpórea, localizada talvez no cérebro, alguma coisa entre mente e espírito, uma coisa sem cor, sem gosto, sem textura. O corpo, uma posse. Meu corpo. Uma espécie de fantoche do Eu. Uma representação, na melhor das hipóteses. Uma coisa a ser dominada, na pior. Uma coisa que, no momento, falava mais alto que Eu, antes que o Eu pudesse dizer qualquer coisa em minha defesa, meu corpo me condenava.

Terminei no quarto do hostel, sozinha e me achando um esplêndido fiasco. Conhecer gente não era tão fácil como eu havia imaginado — para minha surpresa, as pessoas não andavam por aí formando grupos de amizade como se o mundo fosse um imenso Woodstock — e, como em qualquer cidade, talvez ainda mais que qualquer cidade, todas as atividades de Nazca envolviam consumir. Eu podia tomar um café, tomar uma cerveja, comprar artesanato, comer uma torta, comprar um gorro de lã de alpaca, consumir e gastar e ser uma boa turista. Mas eu não tinha lá muito dinheiro e não queria ir de lugar em lugar comprando e consumindo e interagindo com ninguém além de vendedores e garçons.

Então sentei na minha cama, ao lado de outras três camas desocupadas, e contemplei a possibilidade de passar os próximos três meses sem falar com ninguém. Talvez passar três meses sem falar com ninguém fosse melhor que passar três meses perguntando senhora, como se chama esta fruta? E esta? E esta? De meses de silêncio eu talvez pudesse aprender alguma coisa, seria uma espécie de retiro zen, uma viagem introspectiva dentro de uma viagem de deslocamento geográfico e, quem sabe, no fim, eu alcançaria algum deslocamento espiritual.

Passei a noite sem dormir pensando no que Henrique diria dos meus anseios de isolamento. É uma ideia curiosa, ele diria, porque sempre dizia curioso quando queria dizer estúpido. Podia ouvir sua voz paciente e didática me dizendo para fazer as malas e voltar de uma vez para casa, porque Henrique era homem de ações práticas, nunca de considerações simbólicas. Foi a primeira vez que tive insônia causada por solidão. Não era esse o tipo de nova experiência que eu esperava quando saí para desbravar o mundo. A única pessoa com quem eu tinha tido algo que se assemelhava a uma interação humana era um argentino que fazia eu me sentir mal comigo mesma.

No dia seguinte, quando acordei depois de ter finalmente conseguido dormir, não pude levantar da cama. Uma dor me contorcia o estômago, como se no meio da noite eu tivesse engolido um lobo selvagem que agora me devorava pelas entranhas. Fui de joelhos, o tronco curvado, até a porta do quarto e pude abri-la me pendurando no trinco. Sentei e fiquei ali, encostada no marco esperando que alguém aparecesse. Algo muito ruim me acontecia e me atravessavam pontadas de morte. Alguma doença instantânea e terrível me dominava com um sopro frio.

Depois de um tempo imensurável, a Señora Flores surgiu como uma miragem e levou as mãos à minha testa e espalmou as minhas bochechas e sem me perguntar nada mandou que eu voltasse à cama e esperasse. Pouco depois ela estava sentada sobre meus lençóis e me entregava um copo d'água e comprimidos. Dois por dia, ela disse. A Señora Flores ligou a pequena televisão, abriu a janela e me disse que não entendia por que isso sempre nos acontecia, a nós, os estrangeiros. Ela sentou de novo ao meu lado e abriu o pote dos comprimidos. Largou a pastilhazinha na minha mão e saiu.

Eu hesito, receio por um segundo que a velhinha queira me envenenar e traficar meus órgãos, receio que ela esteja me drogando para me roubar e, por fim, receio o mais provável, que ela não faz a menor ideia do que eu tenho e me dá qualquer aspirina na esperança de um efeito placebo. Eu tomo o comprimido, volto a me enroscar em mim mesma e abafo gemidos de dor que têm pouco sentido se não ouvidos por ninguém. Minha pele transpira, a cabeça lateja, o estômago dói, se espreme, me espreme, como se me sabotasse, como se bicho, como se vivo, como se contra mim. Meu estômago quer me matar e me derrota, meu corpo ao redor do meu estômago que dói, dói e se contrai como se implodisse devagarinho, a passinhos de inseto, se implode lenta e continuamente e para sempre e se contrai inteiro e arrasta todos os músculos em uma só contração sinfonicamente orquestrada, eu, uma bolinha em cima da cama cravando as unhas dos dedos nas palmas das mãos, mordendo dentes com dentes e gritando para dentro um grito que só ouve o meu estômago, que dói e se contrai e me derrota. A senhora feita de flores vem vestida de azul, vem e diz coisas que não entendo e leva as mãos ao rosto como quem se preocupa, sem saber que assim me preocupa, ela traz copos d'água que eu não tomo, faz perguntas que eu não respondo, ela pede nomes de amigos, telefones, alguém para chamar, eu não tenho nada, minha senhora, eu não trouxe nada, não levo nada, não tenho ninguém, houve um dia, em algum lugar, um celular e nomes e números, eu não os tenho, que lhe peço, senhora? Que ache um computador, que entre na minha conta de e-mail e mande mensagens dizendo que amei a todos, grande e igualmente amei a todos, que peça socorro, que me busquem, que pelamordedeus me levem de volta, me amarrem em uma cama de hospital, por favor me encham de tubos, por favor me curem, façam parar, me estiquem, me arranquem essa coisa, essa coisa de dor e delírio e arrasto, por favor me devolva, senhora, me devolva como se fazem às mercadorias estragadas, me mande de volta, me tire daqui, não me deixe voltar, me proíba de voltar e me deixe estar lá, me dê uma razão para voltar, me destrate e me devolva doente e dessangrada e cheia de motivos para desistir, me conceda a derrota, me arranque de mim, me extirpe, me nasça, minha senhora, que me engula a lua, que me trague a terra, que tudo acabe, que pare a dor, que pare o estômago, que seque a minha fome, que apague, que acabe tudo, que acabe, por favor, acabe-me.

Durmo ou desmaio ou esqueço.

Acordo, pontadas me atravessam o abdômen na altura do umbigo.

Apago.

Acordo, meu estômago se contorce em espiral.

Durmo.

Acordo, meu estômago lateja.

Me encolho.

Sento, meu estômago em estado latente.

Levanto a cabeça e a luz que entra pela janela bate no meu rosto. É só um feixe de luz, quente e preciso. Movo a cabeça até que o raio de sol bata bem no meio da minha testa, como se pudesse ali fundar um terceiro olho. Estou viva.

A Señora Flores me traz uma sopa, devia ser a versão peruana da canja. Ainda passo o resto do dia na cama, tomando água e me certificando, a cada dez minutos, de que não havia mais dor nem contrações. A noite vem e termina rápido. Pela manhã, procuro uma cabine telefônica e ligo para Marcela. Tenho vergonha, mas peço que ela dê um jeito de adiantar minhas passagens de volta. Dou a ela todas as minhas senhas de banco, cartão de crédito, CPF e nome da mãe. Peço que ela dê um jeito, qualquer jeito. Eu aqui me viro para comprar uma passagem a Lima, mas não há a menor chance de me pendurar em uma ligação internacional para mudar as datas das passagens já compradas.

Ouço decepção na voz de Marcela. Parece que você recém saiu daqui, ela diz. Pergunta se eu tenho certeza de que já quero voltar. Digo que sim, que isso não é para mim. Há um breve silêncio. Um pequeno tilintar denuncia que ela brinca com as chaves enquanto fala comigo. Seu tom é reticente quando ela pergunta e como se supõe que vou anunciar que você está voltando?

Diário de Sonhos # 198,
OUTONO

Longas chaminés negras se enfileiram por uma rua coberta de fuligem e eu estou no meio, olho para um lado e não me animo a caminhar, olho para o outro e tenho vontade de morrer. É apenas isso, não há explicação. Olho para o lado e quero morrer. Eu sei que as chaminés são uma cidade do futuro, mas não sei qual. É suja e fumaça sai de todos os seus bueiros. Suas árvores respiram fumaça, suas nuvens chovem fumaça, suas pessoas suam fumaça, suas crianças de rua choram fumaça. Era a cidade do meu futuro ou o futuro das cidades.

Cinco

Diogo era um garçom-modelo que estava trabalhando na inauguração do novo andar do estacionamento de um shopping. Se fazem inaugurações para todo tipo de bobagem nestes tempos de vitrines. Marcela tinha me conseguido um convite. Diogo tinha o rosto quadrado, belos dedos longos e olhos negros — não castanhos, negros. Coloquei em andamento minha rotina de conquista de garçons. Fazia uma piadinha inocente cada vez que ia ao bar, socializava animadamente com qualquer pessoa quando estava no seu campo de visão e encarava-o sorridente no caminho ao banheiro. Perto do fim do evento, sentei junto ao bar e pedi a Diogo uma última taça de champanhe. Larguei a bolsa no balcão, soltei os cabelos e já com cara de informal disse que não entendia como ele aguentava trabalhar uma noite inteira servindo essas pessoas de nariz empinado. Ele riu e deu a resposta padrão de:

— Preciso do dinheiro extra. Meu outro trabalho não paga muito bem.

— Você é modelo? — foi a próxima pergunta padrão.

— Não, eu faço maquetes.

Como assim maquetes? Maquetes, ele riu, sabe esses prédios em miniatura que servem para apresentar projetos arquitetônicos? Essas maquetes que você vê quando estão vendendo um edifício na planta e mostram o prédio, a piscina, as árvores e as pessoinhas na entrada da garagem? Eu faço isso.

Essa era nova. Quem raios faz maquetes? E as pessoas que fazem maquetes se dedicam a isso por gosto? Fazer maquetes não era o tipo de bico para dinheiro extra que fazem, sei lá, os arquitetos, ou os engenheiros ou os atores de teatros de bonecos? Diogo, no fim, era a mistura peculiar de tudo isso. Enquanto tomávamos uma garrafa de vinho em um bar perto do shopping, ele contou que gostava do trabalho manual, tinha pretensões de trabalhar com cenografia e se arriscava um pouco em design de interiores. Uma surpresa instigante para uma companhia descartável.

Mesmo tímido a ponto de não se oferecer para subir ao meu apartamento quando me deixou em casa, ele aceitou quando o convidei. Era doce como ameixas pretas e vestiu a calça cada vez que saiu da cama para ir ao banheiro. Em meio ao habitual atrapalhamento das primeiras vezes, quando os corpos ainda não conhecem os recantos um do outro e as mãos investigam caminhos, ele encontrou a medida entre cuidado, força e entrega. Fora isso, não havia nada de especial no modo como ele andava, ou no modo como falava, ou ainda nas roupas que escolhia. Apenas um olhar sincero, que dizia não haver nada a esconder.

Ele foi embora sem tomar café porque levantou já atrasado para o trabalho, o das maquetes. Era encantador como estava nervoso por chegar tarde. Me deu um beijo de despedida e eu quis me intrometer em Diogo pelas frestas do seu sorriso para traçar nele o caminho do esquecimento. Na pressa, não trocamos telefones, e por isso fiquei na casa de Marcela, esperando que ele me procurasse de volta ali. Era a primeira vez que eu queria que alguém voltasse e eu não podia acreditar que era um garoto de vinte anos, um ingênuo sonhador pé-rapado que passava o dia construindo minicasas. Parecera um bom menino, e como eu imaginava, Marcela não gostou do que contei. Expliquei que era apenas um casinho, que ela não se preocupasse, eu logo encontraria um cara mais velho, com emprego de verdade, uma casa em tamanho natural e tudo mais.

Passou uma semana e eu não tinha notícias de Diogo. Voltei a buscar outras distrações, entrei em uma turma de pilates, um clube de cinema, uma oficina de astrologia e me joguei no trabalho. O pessoal da agência nunca esteve tão feliz com meu rendimento. Eu era a redatora publicitária mais dedicada que o mundo já vira. Trabalhava doze horas sem reclamar, sem pedir hora extra, me oferecia para ajudar os colegas, assumia tarefas para terminar em casa. Conforme mais trabalhava, abandonava na primeira semana o curso de pilates, as sessões de cinema e coisas mais básicas como comprar comida. O trabalho era o fio condutor dos meus dias e o resto afundava lentamente. Para onde iam os restos naufragados da minha vida?, eu tentava me perguntar segundos antes de fechar os olhos para dormir. Meu vazio, embora seco, se mostrou o terreno perfeito para as raízes do mercado. E como uma peça bem regulada da grande engrenagem do sistema das coisas, eu não servia para nada mais além da minha função especializada de escrever textos vendáveis. Se eu precisasse descascar uma cenoura ou dar três pontos na calça rasgada, era provável que contratasse alguém para fazê-lo. Eu não tinha conhecimento, nem tempo, nem vontade e, no final das contas, eu ainda me achava acima da tarefa de pregar botões. Precisava criar peças geniais e, com sorte, ganhar algum prêmio que coroasse meu currículo. A empresa estava feliz, eu estava muito ocupada para pensar na felicidade. Em meio a essas névoas, passei de beber socialmente para ter o álcool como anestesia durante o dia, como analgésico no fim de tarde e como estimulante à noite.

Precisava me manter ocupada e decidi dizer sim a todos os convites que me fizessem. Se você precisasse de alguém para ajudar a pintar o apartamento no domingo de manhã, eu era a sua garota. Se você queria alguém para cuidar do seu gato no fim de semana, podia contar comigo. Fazer a vacina da gripe? Dentro. Lavar o carro? Agora mesmo. Caminhar três horas pelo centro na busca do vestido *femme fatale* que você quer usar no casamento do seu ex? Encantada.

Diogo tinha sumido, o que não era tão surpreendente quanto eu fingia ser. Ele era terno, jovem, esperançoso. Eu era alguns anos mais velha, obcecada com o trabalho, desiludida com o amor e desesperançada. A parte boa de mim queria que Diogo nunca voltasse, que ele começasse um namoro bonito com uma menina meiga que o fizesse feliz. A parte egoísta de mim perguntava a Marcela todos os dias quando haveria outro evento organizado pela mesma empresa que contratara Diogo como garçom.

Claro que não havia justificativa para pensar tanto nele. Tinha sido apenas uma noite, ele não era o homem dos meus sonhos, nem nos conhecíamos direito. Mas ele era tão doce, tão aberto, tão pouco machucado pela vida, tão bonito e tão jovem. Que ele houvesse reparado em mim fazia com que eu me sentisse um pouco mais doce, pura e jovem.

Desde o momento em que ele deixara a minha cama e eu passara a gastar mais em garrafas de destilados do que nas contas do mês, não houve outros homens. Ninguém além da distância presente de Diogo e das lembranças caleidoscópicas de Henrique. Aquele dia em que saímos para almoçar e terminamos dirigindo até a praia; o dia em que ficamos presos no terraço do prédio; a noite em que ele me esperou com um jantar à luz de velas; a noite em que ele sumiu por oito horas com o celular desligado; o fim de semana acampando; as brigas diárias nas férias em uma praia chuvosa; o colar de ágata negra em formato de gota que seguia pendurado no meu pescoço como se fizesse parte de mim. Contra esse emaranhado de alegrias, rancores e pontos desfocados da nossa vida, havia apenas os olhos negros e a temperatura morna das coxas de Diogo. Eu tentava não pensar em nenhum dos dois, mas tal qual os jovens aprendizes budistas que são instruídos a não pensar em macacos, a única coisa que eu conseguia pensar era macacos.

Então eu aumentei a variedade de garrafas na geladeira, porque não há maneira melhor para deixar de pensar em algo do que deixar de pensar em tudo. E aprendi a preparar margaritas, e sabia misturar cointreau com gim, e podia montar um tequila sunrise em dezessete segundos cronometrados e não tinha problemas em fazer tudo isso enquanto dava bicadas em uma cerveja. Não era apenas a ebriedade que me interessava, mas também os rituais, as regras e as receitas. Era um universo no qual eu podia circular com mais ou menos habilidade e ainda obter alegres resultados, eram técnicas que eu podia adquirir e controlar, me davam muito mais prazer que o corpo cansado pelos esportes ou que as picuinhas entre planetas na oficina de astrologia, Lua em aspecto tenso com Júpiter, e eu com isso?

Talvez, se tivesse outros amigos, alguém teria dito pega leve ou dado alguma indireta propondo uma noite regada a suco de laranja. Mas sendo meus amigos quem eram, a maioria dos nossos programas consistia em sentar em um bar no fim do dia. No sábado ou no domingo, armava-se um churrasco que começava com caipirinhas ao meio-dia e seguia num prolongamento de tarde que durava bêbado até o anoitecer. Eu me prometia diminuir o ritmo, beber menos dias, ou menores quantidades, mas me faltava disciplina, e minha autoindulgência aos prazeres rápidos era, mais que socialmente aceita, estimulada. Suponho que era a vantagem de viver no meio de gente que precisava de escapes tanto quanto eu, ou que gastava mais do que ganhava em cocaína, ou em terapia, ou em roupas de marcas cheias de valor agregado. E ainda que minha autoestima estivesse esquecida embaixo da cama, eu continuava funcional. Meu trabalho parecia até melhorar, meu emprego era meu novo marido, e eu tinha a necessidade de estar sempre fazendo alguma coisa.

Não é à toa que chamam os vícios de círculos. Eu estava na agência e tinha a necessidade de me acalmar. Eu estava nos bares à noite e sentia que precisava fazer algo produtivo. Eu acordava e estava de novo acelerada, a manhã passava em uma espécie de névoa fumacenta, minhas pernas não paravam de se mexer embaixo da mesa e eu mal podia esperar pela hora de sair, então eu sairia e, na mesa do bar, começaria a pensar nas campanhas que me esperavam no dia seguinte.

Se eu quisesse dormir quando chegasse em casa, precisava garantir um certo nível de álcool no sangue ou ficaria até as cinco da manhã em um pingue-pongue mental de ideias sendo lançadas de um lado a outro da cabeça. Apenas se eu bebia o excesso suficiente levava poucos segundos para apagar em cima da cama, o que era um alívio. Mas nos dias em que parte de mim tentava se manter sóbria, algo da minha consciência tentava sobreviver e segurar pela mão a minha alma que pedia para despencar-se, eu caminhava até o quarto como se dentro de um barco, o chão se movia em ondas, eu caía na cama e esticava uma perna para fora, deixando um pé encostado no chão na esperança de que o naufrágio não chegasse. Esses dias eram piores que estar acordada até as cinco. Em todos os casos, o problema de dormir bêbado é que não importa quantas horas se durma, não há descanso. Eu tinha a sensação de fechar os olhos, respirar fundo e abri-los já no dia seguinte, às oito da manhã, atrasada, exausta e triste.

Nas noites em que não podia dormir, escrevia cartas a Henrique. As primeiras cartas levavam acusações, como de praxe: Você me abraçou na despedida e disse que sabia que eu ia ficar bem. Era apenas mais uma mentira, porque eu não estou bem e isso não vai passar. O amor não passa, Henrique, nenhum de nós vai estar bem. O amor é, acima de tudo, uma coisa que perdura. Doença crônica. Que não cura nem com a morte.

Então veio a fase das declarações e atentados poéticos: O drama só existe quando há alguém para vê-lo. Por isso escrevo, para que você me testemunhe. Preciso de uma definição. Não gosto nem da ideia de deixar de te amar para abrir passo a outro amor nem de continuar te amando. Quis fazer versos, mas me faltam palavras e quando me faltam palavras, eu digo teu nome. Dentro da minha cabeça, eu digo teu nome. Quando não sei descrever a tristeza empedrada que tenho no peito, a chamo de Henrique. Quando não sei dizer aos colegas de trabalho se estou bem, cansada ou doente, digo Henrique. Quando estou no supermercado e não lembro como se chamam aquelas miniaturas de milho que você gostava de comer antes do jantar, as batizo Henrique.

Claro que minhas cartas também eram mentiras, porque jamais as enviei, e Henrique não testemunhou meu drama que, ao final, vinha em tons de rancor e veia de teledramaturgia: Eu preferia que você estivesse morto. Que você tivesse caminhado para dentro de um deserto, acompanhado de um cachorro e desaparecido para sempre, morto em um sepulcro de areia. Eu teria lembranças melhores. Não leve a mal, mas eu tomo como uma ofensa pessoal o fato de que você esteja vivo depois de ter me amado.

A carta datava de onze de agosto. Terminei de escrevê-la, a empurrei para baixo do colchão e veio Marcela gritando que tinha convites para qualquer evento onde nos davam qualquer coisa para tomar e era grátis. E depois do evento qualquer, fomos a algum bar onde encontramos mais gente que, ainda mais bêbados, também nos deram coisas grátis para tomar. E depois do bar alguém sugeriu uma festa e já era tarde e estávamos bêbados, mas alguém conhecia alguém que conhecia alguém que nos deixaria entrar grátis, e como grátis era a palavra da noite, todos fomos e não sei que coisas mais bebemos, mas foram muitas. Sei que eram cinco da manhã. Ou seis. Talvez sete. Alguma hora em que o tempo já não importa e o corpo já não reconhece, eu cheguei sozinha à frente de casa, me dei conta de que perdi Marcela em algum momento da festa e de que não consigo lembrar em que apartamento moramos. Subi ao oitavo andar com a ajuda do porteiro, que pegou as chaves da minha mão e fez todo o trabalho de colocar na fechadura, girar, empurrar, aquele processo complexo das chaves. Entrei e me joguei na direção da porta para fechá-la antes que o porteiro tentasse me ajudar até a cama. Estava só, soluçando, a cabeça girando e os pés cansados.

Larguei a bolsa, o casaco não usado, os sapatos e as chaves no sofá. Faltava a última dose para conseguir dormir sem pensar. Prendi o cabelo e respirei fundo para encarar os passos até a cozinha. Encontrei meia garrafa de rum na geladeira — a única coisa na geladeira — e percebi a imensa diferença entre a vida que eu queria ter e a vida que eu tinha. As pernas enfraqueceram e, confusas, já não sabiam mais ficar de pé. Caí de joelhos. Segurei a garrafa de rum entre as duas mãos. Fechei os olhos. Rezei.

Que alguém olhe por mim, olhe com cuidado por mim. Como uma avó, um monge, uma cadela prenha, uma dessas criaturas que só sabem acolher. Que eu tenha abrigo. Que eu seja forte, nunca aquelas pessoas que estampam suas fraquezas com orgulho dizendo eu sou assim, me aceite como se fosse impossível mudar, como se fosse ruim mudar. Que eu nunca caia na armadilha da autoaceitação como desculpa para ser menos. Que eu nunca tenha medo de olhar para dentro. Que eu não busque nos outros permissão ou consolo. Que eu tenha coragem de ser inteira nas qualidades e menor nas falhas. Me faça gentil, me faça doce. Me faça amar sem medo e ao mesmo tempo sem alarde. Que o amor me venha leve e, se for o caso (que não seja), vá leve. Que eu não me contente com pouco. Que eu não me apaixone por quem dá pouca alma ou pouco riso. Que eu tenha fé nas pessoas. Que eu tenha carinho, lucidez e tato. E paixão. Paixão e sono.

Não abri a garrafa. Tarde demais para não pensar.

Aquela meia garrafa de rum se tornou meu limite. Parei com os destilados. Continuei com a cerveja, porque minha força de vontade também não era tanta. Mas eu passaria longe da vodca, dos uísques, dos conhaques, e aquela meia garrafa de rum deitada na geladeira — na qual eu não deixava ninguém botar os dedos — se tornou meu lembrete.

Pouco tempo depois, como acaso ou resposta às minhas preces, Diogo reapareceu na tarde de um sábado em que fazíamos um churrasco em casa. Como chegava gente a cada cinco minutos, o porteiro parou de fazer perguntas e de repente estava Diogo na porta do apartamento, perguntando por mim. Foi Felipe quem me chamou na sacada, dizendo que um rapazinho estava me esperando. Felipe tinha inclinações possessivas com relação a todas suas amigas, então pelo tom de desdém me dei conta de que quem me esperava na porta representava uma ameaça.

Alguém já tinha largado uma lata de cerveja na mão de Diogo e o convidado para sentar no sofá quando eu cheguei. Provavelmente Karen, que se sente anfitriã não importa na casa de quem. Depois de dois meses, ali estava ele, sentado na minha sala com tanta naturalidade que parecia que nunca tinha ido embora, aparentava estar acostumado a frequentar esse apartamento, a sentar nesse sofá, a tomar minha cerveja enquanto puxava o fio de uma das minhas almofadas.

Levantou quando me viu.

— Oi. Desculpe desaparecer.

Era isso? Um desculpe desaparecer e eu deveria dizer tudo bem, senta aí, agarre mais uma almofada? Fiquei em silêncio.

Ele sorriu.

— Eu estava trabalhando em Joinville. Não tinha teu número.

Karen surgiu na porta da cozinha gritando:

— Diogo, já peguei um prato. Você fica, né?

Ele me olhou com cara de pergunta.

— Fica — eu respondi.

Felizmente, ele se misturou à confusão. Apesar de que todos quisessem saber quem era o garoto quase adolescente que apareceu sem avisar e ficou para comer, todos acabaram se distraindo com a bandeja de salsichão ou o saco de farofa. Até que restamos apenas os mais resistentes à bebida e os que tinham menos razões para voltar para casa, dois grupos unidos por uma grande intersecção.

Diogo passou a chamar mais atenção. Todos lhe faziam perguntas ao mesmo tempo. Ele contou que recém chegara de viagem, que estava trabalhando na maquete de um grande condomínio horizontal ecológico e que o projeto demorou mais que o esperado porque o cliente nunca estava satisfeito com a área verde do terreno. Eu tentava mudar de assunto, Diogo me envergonhava falando de maquetes para um grupo de pessoas acostumadas a discutir design gráfico, o estresse de uma redação, o novo celular, a chatice dos clientes. Mas todos voltavam ao assunto das maquetes. Talvez movido por ciúme, Felipe foi o primeiro a dizer:

— Então você passa o dia fabricando bonequinhos de brinquedo, é mesmo um sonho de criança, não?

A mesa deixou de respirar um segundo. Senti minhas bochechas avermelharem e quis dizer a Felipe que jogasse sua arrogância pela janela, ainda que eu não tivesse me importado se a arrogância dele levasse Diogo junto quando saltasse da varanda. Que ideia, trazer um bonequeiro para meu grupo de amigos. Diogo foi o único a não se incomodar com o comentário. Enquanto ainda mastigava um pedaço de carne, respondeu:

— Na verdade, os bonequinhos são importados dos Estados Unidos. É a única coisa que não fazemos nós mesmos.

Karen, como boa anfitriã, tentou reinstaurar a harmonia:

— Eu estou achando ótimo o seu trabalho. Todo mundo que eu conheço sempre tem os mesmos assuntos.

Marcela, que até então só tinha se manifestado por meio de olhares repressores em minha direção porque ela achava que havia ficado bastante claro que um moleque daqueles não servia para mim, me surpreendeu ao concordar:

— Além do mais, deve ser bom trabalhar com as mãos, construir algo palpável.

Karen concordou. E até mesmo Felipe sacudiu a cabeça com cara de pode ser. O rapazinho despertava o interesse de quem trabalhava com palavras jogadas no ciberespaço, palavras que amanhã já seriam lixo, palavras de ontem. Marcela trabalhava em marketing com projeções de mercado e Karen era diretora de arte, minha colega na agência. Felipe era redator de um portal de notícias e, depois de anos de serviços prestados, ninguém tinha nada concreto para expor em casa, um objeto no qual apoiar as mãos e declarar com orgulho isso é o que eu vou deixar no mundo. O que nós havíamos feito não parecia integrar o plano real das coisas, porque dificilmente um portfólio ou um infográfico entra em qualquer categoria respeitável no plano real das coisas.

— Eu tenho uma vó no interior — Diogo disse, apesar de que nem precisava porque todo bom menino tem uma vó no interior — e quando ela veio me visitar fomos até o posto de vendas de um condomínio-bairro. Mostrei dizendo fui eu que fiz. Ela adorou.

Era só uma história bobinha, que ele contou entre risos, mas talvez pelas já muitas cervejas ingeridas ou pela singeleza de ver um menino feliz em agradar a avó, a coisa nos pegou de jeito. Ninguém disse nada, mas sei que estávamos lembrando de todas as vezes em que tivemos que explicar por que nem todo jornalista quer trabalhar na tevê, o que é uma pesquisa de mercado, ou, no meu caso, o que eu faço o dia inteiro se só aparecem anúncios novos a cada dois meses e cada um só tem duas frases de texto. Era uma batalha defender nosso trabalho diante de todos que não fossem da mesma área quando nós mesmos não estávamos muito certos de que nosso trabalho tinha propósito. Tínhamos a inveja da geração de estagiários que nos sucederia, cobiçando nossos empregos. Do outro lado, convivíamos com os olhares de condescendência da geração que nos precedera no planeta, como se ainda estivéssemos brincando nos nossos computadores em vez de achar um trabalho de verdade.

Diogo se deu conta da estranheza que criou e, meio fora de timing, disse que a tal vó do interior não enxergava muito bem e achou que ele passava o dia inteiro brincando de lego. Tinha sido para nos consolar, mas já era tarde. Felipe estava com os olhos vidrados no pedaço de costela no meio do seu prato e sem olhar para cima anunciou:

— Acho que já vou indo, pessoal.

Karen foi a única a protestar com muxoxos pouco convictos de fica aí, vai, ainda é cedo. Mas Felipe já levantava e dizia um pouco mais animado que amanhã tinha plantão, entrava cedo e, se ele faltasse ao trabalho e Chico Buarque saísse para comprar melões em Ipanema, quem ia nos contar?

Um riso aliviado nos tirou da apatia e levantamos a recolher os pratos, esquecidos do que naquilo nos machucava. Entrei na cozinha e dei de cara com Marcela, muito séria apoiada contra o fogão.

— Eu disse que não gostava desse menininho. Cheio de histórias, e quem é que acredita nesse conto da vó?

— Achei que você estava gostando da conversa de trabalho.

Os olhos de Marcela se inundaram. Eu que não falasse em trabalho, eu não fazia ideia do que era trabalhar com uma babaquice, melhor que a deixasse sozinha, que fosse lá dar a mamadeira do meu namoradinho, que ela sabia onde aquilo ia parar, ela tinha visto, há anos sem conhecer um cara legal, só moleques confusos ou crápulas definitivos, o apartamento vazio, a família vivendo uma farsa, um monte de almoços hipócritas e ela nem sabia mais se a avó estava em casa ou num asilo e eu que fosse embora de uma vez. Estendi um pano de prato, assustada com a súbita tempestade. Ela arrancou o trapo da minha mão e se pôs a secar as lágrimas. Assoou o nariz.

Ficamos em silêncio. Na sala, Karen e Felipe se despediam de Diogo. Foram embora sem passar pela cozinha. O nariz de Marcela ainda escorria. Entreguei novo pano de prato. Mais uns segundos de silêncio ferido. Ela cambaleou para o meu lado, me abraçou e saiu fungando. Fui atrás para tentar conversar. Sumiu para dentro do quarto e eu a segui.

Ela não queria mais falar. Já passou, repetia, e eu sabia que esse tipo de coisa não passava. Tentei argumentar que ela teria empregos melhores, que existe amor para todos, que tudo melhora. Mas minha insistência só tornava mais duvidoso meu discurso. De qualquer maneira, ela já tinha erguido suas barreiras e não havia mais diálogo possível. Era sempre assim com Marcela, uma alternância de momentos de total exposição com uma fachada impenetrável. Desisti. Costumo desistir rápido de coisas que eu não tenho verdadeira vontade de fazer. Voltei à sala, onde só restava Diogo, e ele perguntou se eu queria ajuda para limpar. Disse que não, podia ficar para amanhã, em vez disso, será que ele não queria me ajudar a terminar com as últimas cervejas?

— Acho melhor não. Sua amiga precisa de companhia. A gente se vê outro dia?

— Me dá seu telefone dessa vez?

Se despediu com um beijo na bochecha. Quando estava na porta do elevador, virou para trás:

— Eu sei que seus amigos me acham uma criança, mas eu queria que pelo menos você me levasse a sério.

E desapareceu no elevador antes que eu pudesse responder. Ele não tinha ideia. Se nossa reunião tinha provado alguma coisa é que ele era muito menos infantil que o meu grupo de amigos desorientados. Era só questão de tempo para que ou ele se desse conta ou a vida lhe desse motivos para vaidade e fizesse dele mais um de nós.

Diário de Sonhos # 66,
VERÃO

Eu estava abrindo a porta do edifício e sabia que estava sonhando. Quis aproveitar a liberdade do mundo irreal e me transfigurar em homem ou nadar oito quilômetros no fundo do mar ou aprender todos os idiomas do mundo com a instalação de um chip na cabeça, mas acabei decidindo apenas voar. Levitei, ganhei altura e saí planando, com os braços junto ao corpo, o vento contra o rosto e batendo pernas como se nadasse. Mas sempre que eu lembrava que tinha que aproveitar o momento porque são poucas as vezes que a gente sonha sabendo que está sonhando, eu caía um pouco, e quanto mais eu me esforçava para retomar o voo, mais impossível era. Somente quando me distraía com a vista da cidade ou as copas das árvores eu passava a voar com facilidade. Mas quando de novo me sentia na obrigação de tirar o máximo da experiência, voltava à queda.

Seis

Marcela disse que veria a troca das passagens na segunda-feira. Eu tinha dois dias para me despedir do meu pequeno intento de liberdade. Havia sido bastante breve, mas servira para me ensinar uma porção de coisas: que não sirvo para folha solta voando ao vento, que preciso de casulo, que a solitude me cai mal. Não há nada de errado em querer laços. Certo?

Não tinha muito de que me despedir. Era uma cidadezinha sofrível, Nazca, da qual eu jamais sentiria saudade ou suspiraria nostálgica ao narrá-la para meus amigos. A magia das linhas não estava esquecida, mas era coisa de um momento. A paisagem do centro era nada paisagística, os homens e mulheres nativos não eram receptivos e mesmo a Señora Flores, que salvara a minha vida, não me dava muita bola, salvar vidas de estrangeiros devia ser coisa corrente na rotina da velhinha, só mais um contratempo entre picar as pimentas do almoço e pendurar as mantas no varal.

Se supunha que eu vivia no continente mais hospitaleiro do mundo, que os latinos eram cálidos e nos tornavam parte de sua família em dois toques. Mas ninguém se aproximava de mim nem mostrava interesse em me conhecer. Talvez eu não tivesse a aparência correta, nem tão europeia nem tão sul-americana, talvez eu não usasse as roupas corretas, nem casaco de alpinista nem saia de algodão marrom. Eu não conseguia desvendar o código do país. Como eles queriam que eu me comportasse para merecer sua atenção?

Sentei em um dos bancos da praça para me aquecer ao sol. Talvez pela falta de novos amigos ou pelo ainda presente mal-estar no estômago, lembrei de Lucho e desejei que ele estivesse comigo. Pese o efeito devastador que ele tinha sobre mim, eu gostaria que agora Lucho estivesse ao meu lado fazendo qualquer coisa com facilidade e provando que eu estava errada em qual fosse a discussão do momento. Também Lucho me ensinara um tanto de coisas. Que nem todo mundo que se conhece na estrada é gente boa, que há pessoas que não se sentem moralmente obrigadas a ser simpáticas com os outros, que é possível humilhar alguém e ainda ter esse alguém aceitando convites para cervejas. Todos aprendizados válidos.

Eu podia imaginar Lucho circulando em Nazca com a naturalidade de quem anda de cueca na sala de casa, bolando planos exploratórios e discursando com conhecimento e desenvoltura sobre as múmias. Eu podia vê-lo amarrando os cabelos e sacudindo o tambor cruzado no peito enquanto me dispensaria com um gesto descuidado. Eu podia vê-lo criticando minha decisão de voltar para casa e rindo da minha desistência, dizendo o quanto eu era ingênua e despreparada. Na minha imaginação estava Lucho e ele só existia para me triturar. Eu sentia sua ausência acusatória, seu dedo empinado, seu nariz empinadíssimo. Escutava sua risada.

Eu o odiava.

Eu o odiava e queria que ele se materializasse cheio de suas arrogâncias e suposições, porque aí eu teria com quem me zangar além de mim.

O demônio do sotaque chiado.

Precisava que Lucho aparecesse e me criticasse e me apontasse falhas e me obrigasse a ofendê-lo como pudesse, para que na raiva que ele planta em mim eu pudesse enterrar meus medos e mandar Lucho à merda e meter o dedo na sua cara dizendo que eu não ia desistir, que eu era mais forte que isso e que eu ia ficar e sofrer e odiar Lima, Huancayo, Nazca e o país inteiro se fosse necessário, junto com todos seus ancestrais incas e suas oitenta variedades de batatas e, só por birra, uma soberana e poderosa birra, eu ia ficar. Para odiar com autoridade, para poder depois contar que tudo foi mal, que minha viagem foi um desastre e ter os fatos e as provas para sustentar minhas queixas. Eu ia ficar, chorar, passar fome, ser expulsa de hotéis, dormir em praças, passar frio, pegar malária ou febre amarela, vender todas as minhas coisas e então, só então, voltar ao Brasil pálida, doente e famélica e fazer todos odiarem os Andes comigo.

Levantei do banco da praça em fúria, caminhei até o primeiro artesão que vendia estatuetas de argila no chão, estiquei o braço com o punho fechado e gritei eu vou odiar você, meu amigo! Eu vou odiar você, sua mulher, seu artesanato e seus filhos! O pobre homem me olhava com medo e abraçava as pequenas estatuetas. Eu berrava você e seu país de merda, eu vou odiar todos vocês que me ignoram e vou matar todas essas figurinhas idiotas que ignoram todo mundo, e comecei a chutar as indefesas peças de artesanato. O homem de olhos arregalados e boca caída levantou e tentou me empurrar para longe, mas eu resistia, chorava e gritava, você, você, eu vou odiar você, até que outro artesão se aproximou e os dois me levaram de volta ao mesmo banco de praça de onde eu tinha saído e me sentaram perguntando-se entre eles ¿está loca? Eu soluçava e estapeava o ar e eles me deixaram ali. ¿Está loca? Sozinha. Sozinha e louca. Chorando sozinha. Odiar todos eles, odiar sua bondade em não me chutar como eu chutara as estatuetas, odiar todos os peruanos, odiar os Andes, derrotar Lucho. Esse era o único plano. A derrota de Lucho seria a minha vitória. E assim decidi mandar um e-mail a Marcela e ir a Cuzco na mesma noite e odiar Machu Picchu pelos próximos dias.

Lamentavelmente, Cuzco foi a primeira cidade peruana bonita em que pousei os sapatos, o que dificultava o propósito de odiá-la. Era exuberante na arquitetura, ao contrário das construções quadradas e sem pintura que em Huancayo e em Nazca faziam as vezes de casas. Tinha um sedutor centro histórico e gente de todos os lugares do mundo caminhando em ruelas estreitas. As igrejas e mansões coloniais se erguiam sobre pedras incas em matizes de marrom e eram cobertas por telhas avermelhadas: o mundo em tons de cores quentes.

Para uma cidade talhada em pedra e desenhada entre casarões e escadarias, sem árvores, sem verde, era imprevisto como eu gostava de estar ali. Cuzco tinha vida própria, respirava sob meus pés. Uma cidade erguida em história e, apesar dos balcões espanhóis e das mansões coloniais, ainda se podia sentir reverberar debaixo da terra tempos mais antigos, dias mais gloriosos.

O misticismo da cidade se traduzia em pequenos cartazes em papel ofício pelas esquinas, anunciando aulas de ioga ao nascer do sol, cursos de filosofia holística, oficinas de cosmovisão andina, encontros de meditação e retiros nas montanhas. Havia cursos para a alma, para o feminino, o masculino, o corpo, a mente e mais uma infinidade de coisas que nunca daria tempo de aprender. Foi quando eu lia o convite para uma cerimônia do fogo que conheci Jorge.

— Es una ceremonia abierta — ele disse em espanhol perfeitamente claro — y muy bonita.

Sorri, na falta de resposta. Me parecia tudo muito curioso, pitoresco, mas eu não saberia nem como me apresentar em uma cerimônia andina. Ele deve ter visto em meu sorriso um modo de concordar porque continuou:

— Vamos que ya empieza! — e me puxou pelo braço em direção a umas escadas minúsculas que levavam ao segundo andar de um antigo casarão colonial.

Em uma sala decorada com dezenas de panos pendurados, sentamos em círculo ao redor de uma bandeja de palha com velas, folhas de coca e cachimbos. Éramos sete. Além de mim, Jorge e o peruano que conduzia a cerimônia, havia um casal de cinquenta anos ou mais, que deveriam ser americanos, porque ela era muito loira como as donas de casa dos filmes que se passam no Texas, e ele tinha uma cabeçota redonda e rosada e tinha cara de possuir uma espingarda. Também estava uma garota da minha idade com aparência de argentina, os olhos grandes, os cabelos compridos e duas echarpes enroladas no pescoço, e, por fim, uma mulher de uns trinta com um dicionário de alemão a tiracolo, sentada com as costas em perfeita retidão, a boca contraída pela seriedade e uma maneira de olhar desde o alto, mesmo quando tinha os olhos nivelados aos dos outros.

O xamã peruano sorriu a todos e entregou três folhas de coca a cada um dos participantes. Deveríamos agradecer pelo nosso encontro e pedir boas energias para a cerimônia, então ele nos fez balançar as folhas e soprar contra elas nas quatro direções, porque quatro são os elementos essenciais da natureza: norte, sul, leste e oeste; fogo, ar, água e terra; o ancião, o adulto, o jovem e a criança; verão, outono, inverno, primavera; a alvorada, o dia, o crepúsculo e a noite; a lua nova, a crescente, a cheia e a minguante.

Cada um mascaria suas três folhas durante o ritual, o que se tornava um pequeno problema, porque elas se desmanchavam e era difícil não comê-las. Às vezes um pedacinho grudava na garganta e causava uma coceira que chegava até a alma... e nessas coisas eu ia pensando enquanto o xamã acendia as velas e o cachimbo. Ele fumou em silêncio, de olhos fechados, passou o cachimbo à direita e começou a recitar palavras em quéchua. O cachimbo completou uma volta — era tabaco com ervas amargas — e o xamã entoou canções durante a volta seguinte. Quando o cachimbo retornou a ele, o xamã ligou um aparelho de som e a sala se encheu de flautas e cordas. Se notava que a ideia era fazer cada rodada mais intensa que a anterior, porque ele também apagava aos poucos as lâmpadas, até que ficamos apenas com a luz do fogo das velas. Não contei quantas voltas o cachimbo completou, mas foram o bastante para que eu já estivesse torcendo que acabasse de uma vez aquela monotonia enfumaçada. Pouco antes de declarar o ritual terminado, ele fez uma pequena prece em espanhol pedindo proteção a todos e desejando que encontrássemos o que buscávamos em Cuzco.

Ao final da oração, velas apagadas e luzes acesas, todos foram convidados a compartilhar o que sentiram. Jorge sorria e disse que tinha alcançado uma conexão. Aquilo que nós conversamos depois da última cerimônia, lembra?, ele perguntou ao mestre e ficou balançando a cabeça por muito tempo, então levou a mão direita ao coração e disse é, é, acho que estou chegando lá, e parecia muito emocionado. A loira pediu que traduzissem suas palavras quando respondeu em inglês que se sentiu elevada, e seu marido reiterou que nunca antes se dedicara a evoluir a alma e que pela primeira vez se via como parte da grande comunidade da vida. A garota argentina dizia uhum a cada depoimento e disse que ela mesma estava realizada, que tinha atingido um novo nível de percepção sensorial. A alemã séria tinha um novo semblante e só dizia uau, uau e, quando a olhamos, disse é muito novo, e tão bonito, e uau, obrigada. Meu pânico crescia conforme eu me dava conta de que se aproximava a minha vez de falar e eu não passara por nada transcendental na última meia hora, mas eles esperariam que eu dissesse algo profundo, imaginariam a minha voz embargando, queriam que eu reafirmasse a magia da cerimônia. Tive que esconder minha incapacidade de imersão dizendo sim, foi muito especial, obrigada, obrigada Jorge, por me trazer, foi, foi único.

Eram eles mais sensíveis que eu, ou eram apenas melhores atores no teatro da transformação espiritual? Estavam em contato mais íntimo com seu eu interior ou estavam mais dispostos a fingir um grande insight, porque, no fundo, eles também não se sentiam parte daquilo, mas gostariam? Ou seria o caso de que antes estavam tão desconectados de si mesmos que qualquer passo cambaleante em direção ao autoconhecimento lhes resultava uma experiência mística? Fosse qual fosse, entre eles eu era como protagonista do jogo em que crianças marcam o elemento que não pertence ao grupo, o pato em meio aos mamíferos, a colher em meio às verduras. Era a mesma sensação de quando me levaram para um encontro de danças da lua, ou quando vegetarianos recém-convertidos tentavam conversar comigo, ou quando acompanhei um amigo a uma oficina de permacultura no Lami: eu não me saía bem nem na parte de pertencer ao grupo nem na parte de pertencer à natureza e se conectar a todos os seres vivos.

Ainda assim, eu buscava algo, mesmo sem saber o quê. Eu tinha tentado largar a carne, eu tinha dançado por três intermináveis horas, tinha plantado couves e alfaces e lá estava, soprando folhas de coca na direção de uma montanha sagrada. Nos demos as mãos, ainda sentados em círculo, e o mestre anunciou cinco minutos de silêncio para que meditássemos e absorvêssemos a experiência. Meditar também não era muito o meu negócio e os pensamentos poluíam minha cabeça.

Quis uma consciência interligada ao cosmo, quis me integrar à humanidade, assumir a responsabilidade que temos com todas as formas de vida, quis me conectar à natureza, ganhar uma alma purificada, quis fazer parte do grupo, gostar de pão integral, fazer tofu para o almoço e sopa de quinua no jantar. Eu queria tudo isso, mas, intimamente, secretamente, eu não enxergava problema moral em comer um frango e esperava poder manter certa distância respeitosa da grande comunidade da vida, se a comunidade da vida fosse formada por todo mundo. Todo mundo é um bocado de gente e eu teria problemas com boa parte delas. Não gostaria de uma ligação cósmica com o Collor, ou com o Charles Manson, ou com a menina maligna que puxava meus cabelos durante as aulas da terceira série, ou com quem fura fila e quem não para na faixa de pedestres. Eu ficava muito mais confortável com os abaixo-assinados online do que com os xamãs peruanos e as práticas da cosmovisão andina.

Eu gostava da natureza e eu achava que ela me fazia falta, de alguma maneira. Me lembro de, certa vez de férias, em uma praia perdida no litoral catarinense, me sentir parte do mundo, quando eu acordava com o sol invadindo o quarto e podia rolar encosta abaixo até cair no mar. Mas é inevitável me esquecer do mundo quando ele se esconde debaixo do asfalto, atrás dos prédios, se ofusca entre as lâmpadas e esvaece na fumaça. Vez ou outra, vendo uma árvore quebrar as pedras da calçada, pressinto que existe terra em algum lugar distante.

Henrique estaria se divertindo se pudesse me ver aqui fingindo meditar, a encenar suspiros sensitivos em meio a incensos. Abafaria risadas na manga da camisa e depois me brindaria com imitações de mim mesma, afinando a voz grave e me tornando ainda mais ridícula. Se eu ainda tentava acreditar em algo, Henrique nunca esteve interessado e preferia sua individualidade longe das ameaças do coletivo. A ideia de fazer parte de qualquer coisa é uma bobagem, somos sozinhos, ele disse uma tarde de domingo quando eu analisava o panfleto de um encontro de meditação tântrica em um sítio no interior. Sua voz agora ecoava na minha cabeça, junto aos ohms e ahms do mestre da cerimônia. O que é uma coisa boa, ainda bem que não precisamos uns dos outros, Henrique continuou quando eu não tirei os olhos do panfleto, é o que nos torna livres e é a única coisa que dá significado a relacionamentos. Levantei os olhos. Ele continuou: eu e você, por exemplo, estamos sozinhos agora, apenas no mesmo lugar. Eu não preciso de você e você não precisa de mim, mas nos fazemos felizes e queremos estar no mesmo lugar. Você deveria ver a beleza disso. Eu via a beleza disso, só não concordava com todos os detalhes. Somos sozinhos, mas ninguém vive sozinho. Precisamos de alguém, por mais que os alguéns variem ao longo da vida e por mais que isso nos torne descartáveis em última análise, já que sempre substituíveis. Pode ser que qualquer um seja descartável, mas não podem ser todos descartados ao mesmo tempo.

Sozinha eu me senti quando abri os olhos naquela roda internacional e todos tinham cara de haver encontrado a paz. Sorrisos largos, suspiros profundos, olhares cúmplices. E eu. Tudo bem, bastava seguir a farsa e logo estaria acabado.

Quando soltamos as mãos, as conversas assumiram contornos mais mundanos. Nomes, idades, nacionalidades e roteiros de viagem. Disse me chamo Sara e sou brasileira e vi a surpresa cair no meio da sala como se o lustre houvesse despencado. Achei que fosse britânica, disse a loira. Ou francesa, completou o marido, e daí seguiu uma lista de países europeus de onde eu poderia ter saído. Alguém concedeu que eu poderia ser argentina e isso foi o mais próximo que cheguei do meu país natal. Não bastasse estar fora do cosmo, eu não pertencia à minha terra.

A cerimônia do fogo, que elevou os espíritos daquelas pessoas, teve o efeito contrário em mim, e saí daquela casa como se estivesse fracassando em uma jornada de conhecimento que sequer buscara, traindo minhas origens com as quais nunca me importei e decepcionando a terrível comunidade da vida que me tinha como membro sem me consultar. Voltei ao hostel sob protestos de Jorge, que queria ir à Plaza de Armas tocar violão e encontrar amigos malabaristas. Violão e malabaristas, Henrique teria se divertido se soubesse. Quis ligar para alguém no Brasil, quis entrar na internet e conversar com nomes conhecidos. Mas também precisava romper esses laços e tentar me erguer sobre minhas próprias pernas. Deitei na minha cama, respirei fundo e imaginei que meus amigos estavam lá longe, me imaginando também, e supondo que eu vivia aventuras selvagens em rincões perdidos da América do Sul.

Por algum motivo misterioso, quando nos propomos a ficar sozinhos, se trata de uma experiência de autoconhecimento. Mas quando estamos sozinhos porque as circunstâncias nos obrigam, nos sentimos insignificantes, tolos, irremediavelmente desamparados. Talvez porque, quando estamos no meio do Peru, sabemos que em algum lugar de nossa cidade natal, em algum momento, um amigo comentará Sara foi pensar na vida no meio dos Andes, e isso causará espanto ou admiração, mas ninguém nunca dirá Sara esteve numa quarta-feira, sete horas da noite, sozinha no quarto, a chorar a solidão de ser um só.

Estar no meio do Peru é, em si, um ato banal, quase vulgar. Milhares de peruanos o fazem todos os dias sem ver nisso grande mérito. Mas quando se está no meio do Peru após percorrer solitários três mil quilômetros, enfrentar os solitários quartos de hotéis, as solitárias fotografias em que jamais aparecemos, o momento-chave de estar no meio do Peru, que poderia ser qualquer um, porque é apenas aquele em que se pensa *estou aqui*, se torna um símbolo de superação, de conhecimento, ou apenas a prova de que se viveu, eu fiz coisas porque houve um dia em que estive entre montanhas andinas após solitárias horas de ônibus, solitários cafés da manhã e solitárias reflexões, e talvez a solidão seja a única coisa de fato a ser encontrada nas mil buscas pelo sentido da vida. Viagens a lugares improváveis, meditação, terapia: apenas maneiras de se estar sozinho, às vezes com outra pessoa na cadeira em frente ao divã, mas essencialmente sozinho. Talvez eu devesse abraçar a solidão. Talvez devesse fugir dela. Fui à Plaza de Armas me rodear de pessoas.

Sentado nos degraus do chafariz, Jorge tocava uma música alegre no violão, enquanto Pilar — a argentina da cerimônia do fogo — e mais duas meninas cantavam no degrau abaixo. Uma delas tinha um rosto parecido ao de Jorge, e a outra, traços indígenas. Quatro sujeitos barbudos e descalços jogavam malabares em roda, as claves voando de um lado a outro, e uma menina ruiva tirava fotos do grupo. Jorge me sorriu e fez um gesto com a cabeça para que eu me aproximasse.

Sentei junto às cantoras, que também sorriram. A menina de traços indígenas foi a primeira em perguntar:

— Tu, de onde és?

— Brasil.

— Ah, Brasil!? Uma vez eu estive em Rio Branco, mas não lembro muito porque eu era criança. Eu devia ter cinco anos e sei que estive porque tenho fotos. Não tenho muitas lembranças, mas meus pais dizem que eu gostei.

Precisei resgatar as aulas de geografia do primeiro grau. Rio Branco, capital do Acre? Por que alguém no mundo pensaria em ir ao Acre?

— O que você foi fazer lá?

— Eu sou de Puerto Maldonado, perto da fronteira. Fomos visitar uma prima da minha mãe. Meus pais moram em Puerto Maldonado. Eu moro aqui com uma tia.

— E o que você faz aqui?

— Ah, eu vim estudar. Eu estudo arte na Universidade Nacional. Se tu quiseres, eu te mostro minhas pinturas. Faz um ano que estudo arte. Eu gosto muito, mas sinto falta da minha casa e dos meus pais.

— Sim, imagino. E, claro, eu adoraria ver seu trabalho.

Havia algo muito ingênuo na menina. O deslumbramento alegre em conhecer alguém do Brasil. A maneira como ela falava, como sorria o tempo todo, como sentia falta da família, como queria mostrar suas pinturas tal qual uma criança mostra desenhos, tudo soava tão inocente que parecia que ela estava zombando de mim.

Jorge largou o violão. As cantoras pediam que ele continuasse, mas ele esticou os dedos e estalou as articulações dizendo que estava cansado. Me apresentou à roda como uma amiga brasileira e perguntou:

— Desculpe, como era mesmo seu nome?

— Sara.

— Sara! Que lindo. Sara, essa é Sandra, minha irmã. A Pilar você já conhece, vejo que Carmen já se apresentou, e nos malabares estão os chilenos Jeremias, Miguel e os dois Pablos. E nossa fotógrafa é Robyn, que veio desde a Inglaterra até aqui apenas para tirar fotos nossas, não é incrível?

Robyn sorriu para o colombiano:

— É que você é tão notavelmente bonito, Jorge, nós não temos homens como você na Inglaterra.

— É claro que vocês não têm, eu sou único, Miss Robyn.

Jorge propôs que comprássemos umas cervejas. Pilar disse que nos deixaria porque já era hora de ir ao trabalho.

— O que você faz? — perguntei.

— Sirvo tragos a um bando de gringos num bar aqui na volta.

Carmen disse que já iria para casa porque sua tia a esperava para jantar. Os malabaristas tentariam ganhar algum dinheiro na Avenida El Sol e voltariam para nos encontrar. Sobramos eu, Sandra, Jorge e Robyn. Fomos a uma pequena venda e compramos duas cervejas de litro. Quando comecei a tirar a garrafa da sacola, Jorge interrompeu meu gesto:

— Não se pode beber na rua, por isso as sacolas pretas.

Sentamos nas escadarias ao fim da Rua Procuradores, a calle de los gringos, e passei a maior parte do tempo conversando com Sandra, já que Jorge e Robyn estavam muito ocupados em flertar um com o outro e rir de coisas que não eram engraçadas. Sandra era boa companhia, tão educada, tão articulada, tinha a minha idade, trabalhava com diagramação e estava de férias em Cuzco.

— Seu irmão também?

— Não, Jorge está sendo o habitual inconsequente que sempre foi e passeando pelo mundo, enquanto mata nossos pais de preocupação. E você?

Eu ri.

— Você sabe, estou só sendo inconsequente e passeando pelo mundo.

Ela riu.

— Salud, Sara! — e me passou a garrafa.

— Salud — eu repeti — pela inconsequência.

Os malabaristas voltaram com olhos apertados e vermelhos tentando controlar risadas que se escapavam. Era óbvio que qualquer dinheiro que tivessem ganhado nos semáforos já havia sido fumado. Eles queriam entrar em uma discoteca e descolar uns drinques. Jorge e Robyn protestaram alegando que a música era sempre ruim nesses lugares, mas os chilenos insistiam.

— Vamos, vamos! A brasileira, o que diz?

Quando em Roma: ergui um brinde ao ar.

— A bailar!

Eles pediram um momento para correr ao hostel e deixar as claves de malabares. Voltaram e nos guiaram a uma das cinco discotecas da praça, onde um grandalhão na porta ia botando ordem no aglomerado de gente que se afunilava para entrar. Entendi por que os malabaristas insistiam na nossa presença, o grandalhão apontava para as três meninas do grupo e abriu caminho para que passássemos, nos seguiram os garotos. O segurança entregou às mulheres cartões pretos que dizem Free Drink. Um dos Pablos deu um tapinha nas costas do grandote e pediu:

— Uns drinques mais, amigo, as meninas vêm com sede — disse piscando o olho.

O segurança mal mexeu a cabeça, mas mesmo assim largou mais cartõezinhos nas mãos do chileno. O lugar estava atrolhado de estrangeiros e, entre uma Lady Gaga e uma Beyoncé, havia chance de escutar algo tão latino quanto Ricky

Martin. Mocinhas em roupas de noite e com maquiagem já descomposta dançavam em cima do balcão do bar e ganhavam como pagamento doses de pisco atiradas de uma pistola de água. Era como eu teria imaginado as loucas noites de clubbing em Londres, mas no centro da antiga capital do império Inca. Nossos cartõezinhos negros logo se transformaram em cubas-libres. Não demorou para que fôssemos à pista de dança com o entusiasmo de quem não tem hora para voltar.

Quando o sol nascia, estávamos de volta à praça, caras caídas e passos trôpegos, e decidimos que já podíamos declarar o fim da noite. Cheguei no hostel quando dois companheiros de quarto levantavam para ir a Machu Picchu. Trocamos olhares cúmplices e dormi o sono dos exaustos.

Quando acordei, com uma fome urgente, saí para almoçar no Mercado e encontrei Carmen na frente da universidade, com uma pasta de estudante e cadernos nos braços.

— Olá! Como tu estás? Eu acabo de sair da aula. Uma aula excelente. Tu pareces cansada. Estás bem?

— Eu ia almoçar. Quer vir comigo?

Ela aceitou e falou sobre suas aulas durante as cinco quadras que nos separavam do Mercado. Eu estava interessada no assunto, coisa que não me acontecia com relação a nada há bastante tempo, mas não conseguia acompanhar a conversa enquanto meu estômago comia suas próprias paredes. Carmen escolheu onde comeríamos e por três soles, pouco mais de um dólar, nos deram sopa de verduras com trigo, um prato de arroz com frango, cenouras cozidas e um refresco de maçã espantosamente doce.

— Tu queres ver minhas pinturas?

— Claro — respondi.

— Estão na casa da minha tia, te importas de ir até lá?

— De modo algum.

— É uma casa bem simples, me dá um pouco de vergonha. Certeza que queres ir?

Tentei ser a mais casual possível:

— Ora, é claro que eu quero ir.

— É que é bem simples mesmo. Não é como tu estarás acostumada. É simples, não tem quase nada.

— Tudo bem — eu disse.

— É por aqui.

Para chegar à casa da tia de Carmen era preciso subir por uma estrada até mais ou menos a metade de um dos morros que delimitava Cuzco e depois continuar subindo por ruelas e escadarias. Achei que não conseguiria chegar. A altitude de mais de três mil metros se fez sentir na subida e meus pulmões cogitavam suicidar-se quando, a cada degrau de uma interminável escadaria, eu apoiava as mãos nos joelhos para me empurrar para cima. Carmen subia sem dificuldade, mas tinha a delicadeza de a cada tanto olhar para trás e comentar:

— É duro, não é?

Teria esganado Carmen não estivessem todas as minhas forças empenhadas em não morrer. Quando chegamos ao fim da escadaria, disse que gostaria de sentar um momento. Ela se abaixou ao meu lado e ficamos observando Cuzco do alto. Dezenas de torres de igrejas se erguiam por toda a cidade. Os tons de cores quentes eram realçados pelo sol dourado que, naquele dia sem nuvens, não esbarrava em obstáculos para banhar o vale em luz. Para trás de Cuzco, um rio estreito abria passo em meio a colinas verdosas e, mais ao fundo, montanhas com picos nevados completavam a paisagem, como se fosse imagem para um quebra-cabeça de mil peças.

Carmen continuou falando com palavras rapidinhas e saltitantes, como se a escadaria não tivesse nela o menor efeito.

— Eu venho da selva — disse. — É muito diferente a selva daqui. Lá tem mais verde e nunca faz frio. Eu demorei a me acostumar a esse lugar. A selva era outra coisa, a selva é diferente.

— Deve ser bom nunca ter frio.

— Era excelente.

Ela levantou e entendi que era hora de continuar. Por sorte já não restavam mais degraus e caminhamos poucas casas até chegar à sua. O bairro era simples, sem nenhuma espécie de calçamento. Galinhas e porcos andavam soltos pela rua ou eram atados em terrenos baldios. Se parecia um pouco a Huancayo, também aqui os banheiros eram externos e os fios de luz se enredavam em grandes nós acima das casas. Carmen entrou primeiro e gritou:

— Trouxe uma amiga!

Em dois segundos se materializou a tia com olhos arregalados e gestos que pediam desculpa. Se eu soubesse, tinha arrumado a sala, e esticou a toalha sobre a mesa, se eu soubesse, tinha feito comida, e todas essas coisas que dizem as velhas senhoras quando surpreendidas em sua vida real e não têm tempo de ordená-la. Assegurei que estava tudo bem, a casa estava impecável e nós havíamos acabado de comer. Uma vez liberada das preocupações da imagem do lar, ela correu a mão pelos cabelos, ajeitou a longa trança que lhe caía por cima do ombro direito e desamassou o que pôde a saia verde-bandeira. Carmen me puxou pelo braço e quase caí.

— Com licença, senhora — eu gritei esticando o pescoço para fora do corredor por onde me arrastava Carmen.

Minhas roupas já estavam cobertas do pó vermelho do adobe porque eu não estava habituada a não encostar nas paredes. O chão era de terra, o teto de zinco e a casa inteira tinha um leve cheiro de banheiro, que tentei ignorar ao máximo, esperando que o olfato se acostumasse. O quarto de Carmen não tinha mais que oito metros quadrados e abrigava um guarda-roupa rosa, um banco de madeira coberto de roupas e uma cama ligeiramente menor que uma cama de solteiro comum. Não chegava a ser uma cama infantil, mas era mais curta que o padrão, uma medida desproporcionada que lhe dava um ar de objeto fantástico, como uma cama que na toca do coelho de Alice no País das Maravilhas tivesse tomado apenas meia poção encolhedora. Sobre ela, esticavam-se uma colcha alaranjada e um cachorro de pelúcia com a língua de fora.

— Quantos anos você tem, Carmen?

— Dezenove — ela respondeu detrás da cama, onde estava agachada puxando coisas lá de baixo.

Tentei lembrar do meu quarto aos dezenove anos. Fotos grudadas na parede, livros em estantes e pelo chão, o computador em uma escrivaninha coberta de adesivos, os móveis modulados, um pôster de *Pulp fiction* e outro de *Alta fidelidade*, umas minigarrafinhas de uísque ao lado de um boneco Woody de *Toy story* e uma lata de filme fotográfico onde eu escondia pontas de baseados. Quis que Carmen tivesse a oportunidade de conhecer o quarto dos meus dezenove anos. Ela agora estava de pé e desdobrava telas de pintura em cima da cama sob o olhar faceiro do cão de pelúcia.

— Esse eu fiz no primeiro ano da universidade, ainda não sabia desenhar muito bem. Esse foi quando a professora nos mandou pintar sem preto. E esse sem branco. Nesse não podíamos traçar as linhas antes de usar tinta, esse...

Eram todos parecidos. Eram todos parecidos entre si e parecidos com os quadros que eu via aos borbotões nas galerias e lojas ao redor da Plaza de Armas. Montanhas sob a luz do entardecer. Um trio de mulheres em roupas típicas, sentadas de costas à beira de um lago. A silhueta de uma lhama no topo de uma colina. E uma série de desenhos geométricos de condores, aranhas e serpentes.

— São muito bonitos.

— Eu gosto muito desse — ela disse segurando o retrato de um rosto de mulher indígena com rugas profundas.

Eu podia jurar que tinha visto o mesmíssimo quadro na esquina da Procuradores.

— Uhum, é lindo.

Eu mentia, mas como não mentir a sonhadores de dezenove anos? E não é que suas pinturas fossem feias ou de todo ruins, mas eram apenas mais exemplares de uma produção em série na qual todos os pintores da cidade pareciam estar congregados. Ela estava orgulhosa, e eu jamais tiraria isso dela. Passamos talvez uma hora falando sobre pintura e arte — ela das aulas, eu das tradições europeias — e me despedi, por não saber bem como me comportar dali em diante.

— Obrigada pela visita — ela disse após abrir a porta.

Carmen disse que eu poderia voltar ao centro de ônibus, ele desceria pelo outro lado da colina e eu veria a paisagem a leste de Cuzco. Esperei na estrada até que uma van branca encostou e um cobrador pendurado na porta me anunciou o preço da passagem.

Quando cheguei ao hostel, me esperava na recepção um bilhete de Jorge dizendo que estariam de novo na escadaria e que eu aparecesse. Fui, bebemos, cantamos, voltamos à mesma discoteca em um remake bastante fiel da noite anterior e me dei conta de que seria fácil ficar para sempre. Depois de mais uma festa em Cuzco, veio mais um dia em Cuzco, mais um almoço no Mercado, mais uma passada pela praça, mais um infindo perder-se por ruas estreitas, passagens de pedestres, ruas de lojas de velas, ruas de antiquários, ruas de artesãos, ruas de costureiras e ruas de padarias.

No fim da tarde, encontrei Carmen com seus cadernos na Plaza de Armas e sentamos no chafariz para ver chegar o anoitecer. Ela me contava divertida sobre como a tia se preocupara por ter causado uma má impressão, e eu estava rindo alto quando alguém sentou ao meu lado. Me virei e encontrei Lucho, com braços e sorriso abertos. Vê-lo me alegrou mais do que eu teria imaginado e nos abraçamos como se nos gostássemos, como se nos estivéssemos buscando por semanas sob o céu andino. Rimos, nos asseguramos que sim, tudo bem, tudo ótimo.

— Vejo que você já fez amigos — ele disse estendendo a mão a Carmen.

Apresentei-os, e metade de mim estava orgulhosa por mostrar a Lucho que as coisas não estavam sendo um "tremendo fracasso", mas a outra metade se preocupava que o argentino vestisse sua pele de lobo e fosse intratável com Carmen, tão frágil detrás de seus pincéis. Mas ele se comportou com uma doçura inédita. Escutou Carmen com atenção, mostrou interesse na sua conversa sobre pinturas e até riu de suas piadas ingênuas, tentando responder com piadas igualmente ingênuas.

— A professora reclamou das minhas proporções, disse que meus homens tinham cabeças muito grandes. Mas não é verdade que existem homens cabeçudos? — ela perguntou com falsa indignação.

— Claro, são os que têm mais cérebro.

E os dois riram juntos de uma maneira bonita e inocente. Mas se Lucho estava sendo tão adorável com ela, ele não era um cínico em si, mas um cínico comigo. E se Lucho era capaz de doçura, por que eu não a merecia? Em cinco minutos, ele e Carmen estavam trocando dicas de lojas de material para artesanato e sentindo saudades, juntos, das comidas da selva e das frutas da fronteira. Lucho, por mais que às vezes eu o detestasse, era um cara culto. Eu tinha visto nas suas coisas um livro de Danto, outro do Tchekhov, e um caderno cuja capa era uma foto de Man Ray, e ali estava ele escutando uma garotinha falar de perspectiva e luz e sombra como se fosse a primeira vez que tomasse conhecimento disso. Quando Carmen deu um descanso na aula de artes, Lucho convidou:

— Minha primeira noite de volta a Cuzco pede uma chicha morada. Me acompanham?

Eu acompanharia, mas Carmen precisava voltar para casa antes que anoitecesse. Ela se foi e nós esperamos o nascer da lua. Lucho já tinha sua chichería preferida na cidade, então subimos até as casas mais altas de San Blas e chegamos a uma porta azul-celeste espremida entre duas casas caindo aos pedaços. O bar não passava de uma pequena sala abarrotada por oito mesas e servia apenas chicha, cerveja e coca-cola. Duas mesas estavam ocupadas por grupos de velhos que bebiam mais do que falavam. Uma terceira mesa tinha quatro jovens que conversavam com risos e gestos.

Sentamos e pedimos duas chichas. Uma senhora gorda nos trouxe os copos transbordantes e os largou sobre a mesa sem nenhum cuidado. Lucho enfiou a mão dentro de sua mochila e me entregou um livro.

— Se você vai insistir nessa peregrinação, pelo menos deveria ler algo do Galeano.

Ele adivinhara que eu jamais havia lido nada do uruguaio, ainda que tivesse me aproximado da sua obra um milhão de vezes atravessando os corredores de livrarias. Agora Lucho preenchia uma lacuna nas minhas leituras me dando *Patas arriba*. Ele talvez pudesse deduzir mais coisas sobre outras pessoas.

— O que você achou de Carmen? — perguntei.
— A típica.
— Como?

— A típica menina do interior que os pais criaram à rédea curta morrendo de medo que ela termine na mesma desgraça de tantas outras.

— Que desgraça?

— Ora, você, sabe, as garotas se derretem pelos gringos de olhos azuis, eles enchem seus ouvidos de promessas e nove meses depois você tem uma adolescente mãe solteira e um estrangeiro que voltou ao seu país sem deixar endereço. As cidades turísticas estão cheias de mestiços sem pais.

— Nesse caso, talvez melhor que ela seja uma boa menina do interior.

Lucho suspirou e sacudiu a cabeça.

— Você nunca foi jovem? Quanto mais se prende um adolescente em casa, pior.

Carmen não parecia ainda nem ter saído dos bicos de borracha. Se seus pais fizeram alguma coisa foi prolongar sua infância.

Ficava cada vez mais difícil escutar Lucho conforme a mesa dos quatro jovens elevava o tom da conversa a gritos. Todos falavam ao mesmo tempo e um tinha a cara vermelha e apontava o dedo para os outros. Eu não conseguia decifrar nem meia frase do que eles falavam — uma sucessão de palavras em quéchua misturadas ao espanhol rápido — e Lucho pôde ao menos pegar o tema do conflito.

— Os dois de cá estão provocando o outro porque ele está há dois anos casado e ainda não tem filhos. Esse que não tem filhos, o da cara vermelha, vai gritando y que? Que soy menos hombre? Dices no soy hombre? — Lucho me repetia os gritos em sussurros — e o tipo de cá, o da coca-cola, está tentando acalmar os outros três.

A discussão esquentava conforme a gorda senhora trazia mais copos de chicha.

— Aqui os casais costumam ter filhos assim que casam? — perguntei.

— Não é só o tempo, mas a quantidade. Quanto mais filhos, mais homem é o homem.

— Isso tudo é porque eles acham que o amigo é brocha?

Lucho balançava o copo no ar:

— Mais ou menos por aí.

Quando o da cara vermelha levantou e tentou dar um soco em um dos provocadores, errando por mais de vinte centímetros, a senhora gorda retirou os copos da mesa e mandou todos embora. Coube ao pobre sensato da coca-cola conduzir o grupo para fora. Uma vez que eles estavam na rua e já não havia gritos, nos demos conta de que um pequeno rádio no balcão tocava salsa.

Lucho parecia me respeitar mais porque eu conseguia me comunicar melhor. Tomávamos chicha e ele tentava ser sedutor com a senhora gorda. Uma chicha por uma dança, mamita? Uma chicha por uma piada, mamita? Contávamos os olhares tortos da senhora e seguíamos pedindo bebidas de graça toda vez que ela passava perto da mesa e a víamos se afastar bufando e explodíamos em gargalhadas. Mesmo conhecendo Lucho tão pouco, vê-lo de novo era reconfortante. Bem ou mal, geralmente mais mal do que bem, eu já tinha alguma ideia de como lidar com ele. Em um país onde tudo era novidade, Lucho servia de ponto de referência.

Depois de uma série de comerciais no rádio, começa uma salsa famosa. Não sei qual é, apenas um compasso bem marcado que reconheço fazer parte do imaginário mundial do que é a salsa. Lucho me levanta me puxando pela mão e improvisa um rodopio. Tentamos dar passos para a direita, outros de volta para a esquerda, mas entre as mesas apertadas não há espaço. Empurro Lucho para a rua. Ele me entende e vamos cantando até o meio da quadra, onde não há gente, nem carros, nem copos. A música chega baixinha, de longe, mas dançamos nossa própria canção. Dois pra lá, dois pra cá, rodopio, rebolado, afasta, aproxima, trocamos olhares e fazemos charme para um público invisível. No bar, muito, muito distante da nossa alegria, percebemos que a música acabou. Entre risadas, sento eu no meio-fio, ele no degrau da entrada de uma casa. É cedo e sabemos que não é preciso nada mais para ser feliz. Por quatro ou cinco minutos nos deixamos ser, apenas ser a plenitude das coisas que há em nós, o mundo guardado no peito, a vida como se fosse infinita. Levantamos em silêncio, sorrindo, e caminhamos de volta ao bar, onde a senhora já nos esperava um tanto nervosa com a conta na mão. Pedimos uma cerveja para levar e apostamos corrida até o meu hostel, mas perdemos o fôlego no meio do caminho e terminamos caminhando abraçados e ofegantes. Abrimos a cerveja no pátio do casarão. Lucho se joga na cadeira de praia e eu sento no chão para esticar as pernas na grama.

— Então, como tem sido desde Huancayo?

— Ótimo, conheci gente fantástica, Cuzco é linda, eu até fui a uma cerimônia do fogo.

Ele ri.

— Você? Em uma cerimônia do fogo? E que tal?

— Estranho, na verdade, meio que me arrastaram.

— Você não queria ir?

— Tinha medo, eu acho.

— Você é inacreditável, Sara — ele diz, em um tom de voz que significa inacreditável no mau sentido.

Eu não quero prolongar o assunto porque a noite está tão boa e Lucho tão humano. Ele se inclina para frente.

— Para que mais você viria tão longe? O que você veio fazer aqui? Ou o que você está deixando para trás?

— Nada — respondo, na esperança de que termine ali.

Mas Lucho não consegue ter um coração por mais de doze horas seguidas, não está no sangue dele.

— Não acho que você seja fugitiva da polícia, nem que tenha se rebelado contra a família, você tem cara de boa menina, também não acho que esteja se escondendo de traficantes ou da máfia, então o que foi? O chefe descobriu que você dormia em serviço? O médico disse que você tem seis meses de vida? Você perdeu o grande amor da sua vida?

Não respondo.

— Eu sabia — ele diz com ar de reprovação. — É sempre um amor perdido.

A ágata negra pendurada no meu pescoço perde sua frieza e queima a pele.

— Ele me traiu, está bem? Feliz? Ele me traiu, eu perdoei, a gente ficou junto, tudo virou uma merda e eu vim pro meio dos Andes. Essa é a grande explicação, satisfeito?

Ele demora para reagir. Uns quinze segundos até dizer:

— Uhm.

Um denso silêncio vai subindo do chão ao céu até tomar conta de nós dois e já não é possível estar ali. Vou para a cozinha buscar o que fazer já que não teria grandes benefícios em seguir conversando com alguém que não diz nada além de "uhm" para a confissão que eu nunca tinha feito nem a amigas, nem a Marccla, então melhor ir até a cozinha e abrir a geladeira, ou servir um copo de água, ou tomar um café forte, sim, é isso, isso sim, tomar um café amargo e esquecer tudo que aconteceu. Em um minuto Lucho aparece. Se mantém a um passo de distância, tem as mãos nos bolsos e os olhos baixos quando me diz:

— Eu não achei que seria honesta. Lamento.

Um novo silêncio. Não entendo se ele lamenta o que eu contei ou se lamenta eu ter contado. Não sei se devo chorar, abraçá-lo ou dar as costas. Ele toma a iniciativa e diz antes de ir embora:

— Fico feliz que tenha sido.

Sozinha, apoiada contra o balcão da pia, segurando um filtro de café em uma mão e um fósforo na outra, compreendo que abri uma caixa que nunca mais poderei fechar. Largo tudo e caminho ao banheiro, pura ação e nenhum pensamento, como se minhas pernas dessem ordens ao cérebro, e não o contrário. A passos lentos, meus pés me levam para baixo do chuveiro sem que eu possa resistir. Penduro as roupas nas torneiras. Abro apenas a água quente. Começo a aceitar que é preciso confiar no corpo. Como os animais doentes sabem qual planta comer para curar um mal do estômago, o corpo humano sabe mais de si do que as bulas de remédios. O corpo que nos arrasta a um gramado com sol em dias que a tristeza se faz ameaça. O corpo que nos prepara uma bebida quente quando é preciso criar aconchego de dentro para fora. O corpo que aguenta os primeiros passos dentro do mar gelado para alcançar a alma lavada. Eu não sei o que fazer agora nem pelo resto da vida, mas meu corpo tem a receita para curar um coração ferido. Meu corpo sozinho me colocou de pé sob a ducha, olhos fechados, e deixo que a água quase fervendo caia sobre a minha cabeça, sobre as minhas costas, aplastando qualquer outra sensação que não a de pele queimando. Um ritual de purificação, o mais próximo que posso chegar de me esterilizar, que me deixa anestesiada na cama por todo o dia seguinte, mas no meu entorpecimento há um fundo de paz que eu não sentia desde antes de ter conhecido Henrique, desde muito antes. Meu corpo me salvou de mim mesma.

Diário de Sonhos # 137,
PRIMAVERA

Começou como um processo lento. Eu sentia como se meu corpo estivesse coberto de areia. Me esfregava e os grãos caíam e era estranho porque não era praia. Quando os grãos ficaram maiores, vi que eram brancos e eram parte de mim. Daí em diante não vi o tempo passar. Tinha medo de me mexer e fiquei imóvel vendo minha pele cair em grãos aos meus pés. Foi só quando minha língua se desmanchou que eu soube: estava me transformando em sal. Algumas pessoas passaram por mim, mas não perceberam o fantástico de uma pessoa virar sal. O fantástico de mim. Eu nunca tinha conhecido ninguém que tivesse virado sal. Era, sem dúvida, extraordinário. Quão extraordinário! Quando eu virei apenas um montinho branco de sal, e estava difícil pensar, foi que tudo ficou úmido. E de úmido tudo passou para molhado. E de molhado tudo passou para triste. E aí não sei se me choraram ou se me chorei.

Sete

Eu não tinha me apaixonado por Henrique à primeira vista, mas desde a primeira noite eu sabia que poderia me apaixonar por ele. É uma sensação singular, talvez melhor que o apaixonar-se em si. Você olha para alguém e em três segundos sabe que ele tem algo sobrenatural, algo instantaneamente te toca, mas ainda é cedo e ainda é pouco e ainda é novo, e você pode escolher se quer conhecer essa pessoa, essa entidade que te atrai, ou se prefere ir até o bar e pedir um suco de laranja com vodca e dançar até de manhã e esquecer qualquer vestígio daquele momento. É uma liberdade arrebatadora, o minúsculo instante em que você não sabe se cai no apaixonamento ou se, nessa rodada, você passa. Esses três segundos, velozes segundos, fazem a vida valer a pena. O que vem depois, não importa o que acontecer, será sempre mais entediante e menos pleno. Ou você se apaixona. Ou você dança até de manhã. E a partir disso ocorrerão outros milhões de eventos e a isso chamaremos vida e é só. A adrenalina está na liberdade da dúvida entre seguir e se afastar.

Henrique me atraíra tanto que fui obrigada a dar uma chance ao amor. E o amor veio. O amor chegou aos poucos.

Bateu à porta numa noite de chuva de granizo em que Henrique agarrou a mesa de plástico de um bar e a usou como guarda-chuva para que pudéssemos caminhar as três quadras até a casa dele, e corremos como dois idiotas sob uma mesa amarela rindo feito crianças do barulho estrondoso que as pedras de gelo faziam quando batiam no nosso teto improvisado. O amor fez suas primeiras apresentações quando eu tive cólica, Henrique quis me fazer uma bolsa de água quente apenas para descobrir que eu não tinha uma bolsa de água quente e correu até a farmácia para comprar uma porque todo adulto precisa ter um kit de cuidados médicos. O amor se sentiu em casa quando Henrique ficou triste pela morte de uma tia-avó e eu quis protegê-lo de toda tristeza do mundo. E o amor foi ocupando espaços em cada pequeno gesto. Como o dia em que Henrique me visitou com um solitário amendoim japonês na mão e me entregou dizendo que tinha comido o resto até se dar conta de que queria dividir tudo comigo, pacotes de amendoins incluídos. Ou quando ele me deu uma foto de infância que mostrava um Henrique de cinco anos olhando com desprezo para uma disforme construção de lego feita pela sua irmã, porque ele queria me provar que sempre fora avesso à bagunça. Depois vieram buquês de canetas bic e buquês de pastas de dente porque buquês de flores eram tediosas convenções. E quando me dei conta, o amor largava meias pelo chão do quarto e anunciava que tinha vindo para ficar. Então eu lhe dei as boas-vindas e reuni toda a resiliência que encontrei para a espera até o momento em que poderíamos falar sobre o amor, porque é mais fácil amar em segredo do que assumir que se ama.

 A espera incluiu recorrentes momentos em que amigos perguntam e aí, já estão namorando?, respondidos com dentes amarelos e risos que mudam de assunto, e a progressiva casualidade nos contatos telefônicos, quando você deixa de contar quantas mensagens enviou no dia e para de se submeter a regras de se eu liguei da última vez, agora é a vez dele, e o nascimento de um idioma próprio que comunica todo o essencial em olhares.

Em um dos últimos domingos do inverno, Henrique estava inquieto. Ele quis ir ao cinema, mas não gostava dos filmes em cartaz, quis ir a Itapuã, mas já era tarde, quis ler um livro, mas chegou ao fim, quis arrumar o quarto, mas o quarto já estava arrumado. No fim da tarde, terminamos caminhando pelas boêmias ruas da Cidade Baixa. Eu já tinha perdido a esperança de sentar em qualquer bar, então dei a mão a Henrique e deixei que ele decidisse as esquerdas e direitas. Ficamos nisso por mais de hora, durante a qual eu tentava puxar assuntos e Henrique se desfazia deles como migalhas de biscoito que caem na camisa. Até que na esquina da República com a João Pessoa, não do lado do Van Gogh Bar e Restaurante, onde o cheiro de fritura paira sobre a cabeça dos bêbados, do outro lado, onde as luzes dos faróis dos carros que descem o viaduto deixam multicolorida a banca de revistas, Henrique parou de caminhar e disse meu nome. Estávamos frente a frente, ele largou minha mão para agarrar o isqueiro e, depois da primeira baforada de fumo, me abraçou. Estávamos em silêncio, eu nao entendia o que Henrique estava fazendo e calculava como tirar um fio de cabelo que tinha na boca sem ter que desmanchar o abraço, quando ele grudou os lábios na minha orelha e sussurrou precisava dizer que te amo. E os carros do viaduto congelaram, todas as pessoas do mundo fizeram silêncio e nós dois ficamos abraçados até que se queimasse o filtro do cigarro.

Não demorou para que eu me mudasse para a sua casa. Foi aquele tipo de coisa que vai acontecendo sem uma verdadeira tomada de decisão. Eu já passava mais tempo lá do que na ínfima quitinete que eu alugava no centro. Tinha mais coisas na sua casa do que na minha, ele já me dera cópias das chaves meses antes e usamos uma infiltração insistente no teto da minha cozinha como desculpa para que eu me mudasse de vez.

Eu o amava e estava apaixonada. Ele me amava e estava apaixonado. Era um amor grande, que nos ligava e nos envolvia, estava dentro e ao redor, era orgânico, como se tivesse vida própria, como se, sendo nossa criatura, tivesse se tornado maior que nós e nos alimentava na mesma medida em que o criávamos. Parecia tão absoluto quanto o tempo. Tão seguro quanto uma figueira de quinhentos anos. Inquebrável como uma figueira.

Nossos amigos nos consideravam o casal perfeito, íamos nos dar bem para o resto da vida, ter filhos com quem conversaríamos como se fossem adultos, teríamos um apartamento com churrasqueira e piscina e um gato com listras de nome cult como Fellini. Íamos ter bons empregos, carreiras brilhantes, divertidas férias anuais com road trips e colocaríamos aparelhos nos dentes dos nossos filhos. Íamos passar os domingos tomando chimarrão de pijama na varanda, ir no cinema às quintas-feiras, passar feriados na praia e ainda encontrar tempo para receber amigos em casa para uma janta ou para encher a cara com o amigo metido a artista-de-alma-atormentada que dormiria no nosso sofá sempre que ficasse sem dinheiro.

Éramos o casal para quem os outros apontavam com admiração. Nossas brigas sobre arte conceitual — eu defendia que uma ideia podia ser arte, ele não via valor em algo que não envolvesse trabalho técnico — eram a anedota que representávamos com frequência em mesas de bar e pela qual éramos reconhecidos. Nos apresentariam a pessoas em festas como Henrique e Sara, ótimas pessoas, mas não fale nada sobre arte perto desses dois, rá, rá, rá. Era a nós que os amigos pediam conselhos de relacionamento, era a nós que diziam, no fim da noite e meio bêbados, eu nunca vou ter o que vocês têm.

Fomos felizes. Não existe maneira mais exata, mais completa ou específica de dizer o que fomos: soubemos ser felizes. Como era de se esperar — ainda que, até então e até muito depois de então, eu não soubesse o que era de se esperar por mais esperado que fosse —, essa simples e infalível felicidade me deixava um pouco triste.

Se aos vinte e seis anos de idade eu tinha encontrado a felicidade, o que buscaria pelas cinco décadas seguintes? Não que me fossem faltar coisas para fazer — viriam a casa a cuidar, os filhos a criar, a saúde a remendar —, mas o que eu buscaria, almejaria, pelo que sofreria à noite antes de dormir? Se o amor é a única coisa pela qual vale a pena sofrer, eu estava diante de uma vida sem sofrimentos. Nós poderíamos passar fome em alguns anos, ter que vender o apartamento, entediar-nos da rotina, mas enquanto nos amássemos, tudo estaria bem. E se, por outro lado, o amor morresse, ou se nós o destruíssemos, ou, em um descuido, ele fosse esquecido embaixo do tapete junto com os restos de uma briga, ou no supermercado na estante dos guardanapos, ou em uma mesa de bar no fundo de uma garrafa, perderíamos o melhor que havíamos encontrado na vida e jamais nos perdoaríamos. Eu tinha tudo o que importava, portanto, já não havia o que desejar.

Seria isso a felicidade? E toda a parte da felicidade que depende de trabalhar com prazer, realizar algo importante, ser reconhecido como competente? E todo o entusiasmo e encantamento que vêm dos jogos de sedução e das paixões recém-nascidas que eu já não teria? E onde estava aquela emoção borbulhante que se transborda em sorrisos e contagia os arredores, que só existe no princípio da paixão? E pensando em tudo isso enquanto supunha que Henrique pensava em coisas similares, eu me dei conta de que o amor não me dava felicidade, mas serenidade e constância. O amor não me fazia feliz, me fazia bem. E a partir daí, dependia muito mais de disposição do que de sentimentos a parte de fabricar a felicidade. Foi uma descoberta valiosa que se tornaria rapidamente inútil.

Antes que ele me traísse, eu já tinha eventuais crises de autoestima. Me achava gorda um dia, detestava o meu cabelo no outro, lamentava a minha pele uma semana depois. Mas ainda a vida era fácil e eu só precisava me comparar a modelos irreais e photoshopadas de revistas cujo principal objetivo era justamente fazer eu detestar minha aparência. Não há nada de ameaçador em olhar para supermodelos. Aquela miragem inatingível, inalcançável e que nenhum homem espera de verdade encontrar em casa.

Mas a partir dali, eu tinha uma pessoa real e comum com quem me comparar, e eu tinha suas fotos em todas as redes sociais para analisar com obsessão e masoquismo. E então ela era mais magra, mas eu tinha um rosto mais bonito, ela tinha boas pernas, mas nada de peitos, meus olhos eram mais expressivos, mas ela usava rímel em todas as fotos... e o resultado final das minhas ponderações era sempre inconclusivo. Não havia nada de excepcional nela, nada que justificasse o fato de que certo dia, quando Henrique estava em São Paulo para uma premiação da propaganda, a encontrou em um intervalo de café, uma ex-namorada que não via há anos, e decidiu que, depois de tantas noites minhas, aquela noite seria dela. Havíamos brigado pouco antes, ele andava inseguro com meus novos amigos de um curso de desenho, havíamos caído na rotina. Tudo explicava um pouco e nada explicava ao todo.

Ele me contou quando voltou a Porto Alegre, com medo de que eu ficasse sabendo por outros. O meio da comunicação é minúsculo, eu ficaria sabendo algum dia, era garantido. Então ele me contou em uma terça-feira de noite. Fazia frio, eu estava vendo uma reprise de *Matrix* na tevê, meus pés enrolados em um cobertor, Henrique sentou-se ao meu lado e disse dormi com outra pessoa. De súbito minha mente foi arrancada de trivialidades — passar na farmácia amanhã de manhã, marcar a janta com a Marcela, quantos meses eu não ia no dentista? — para uma vida na qual eu tinha um namorado infiel, na qual eu tinha que decidir de imediato que tipo de mulher eu seria, a mulher ferida que joga cinzeiros, a mulher digna que faz as malas e vai embora sem dizer palavra, a mulher compreensiva que perdoa. Mas eu acabei sendo o tipo que eu sempre era, aquela que considera tantas variáveis antes de agir que, ao final, não age. E não disse nada, e não me movi. Ele estava sendo honesto em me contar, e eu acreditava que me amava, e talvez fosse muito irreal esperar que, hoje em dia, alguém pudesse ser fiel a vida inteira.

— Você vai me torturar com seu silêncio por muito tempo? — ele perguntou.

Eu gostava como Henrique interpretava minhas falhas de caráter como gestos premeditados.

— Acho que estou no meu direito.

— Sara, por favor, diga alguma coisa.

— Você pode encontrar outro lugar para dormir hoje à noite? Amanhã conversamos.

De todas as opções, adiar a conversa era a que eu mais desprezava. Henrique foi para a casa de um amigo. Eu deitei de volta no sofá, meus pés enrolados em um cobertor, e não sei o que passava na tevê.

Minha incapacidade de decidir que tipo de pessoa eu queria ser voltaria a se sobrepor e, de novo, eu tentaria ser um pouco de cada. No dia seguinte, quando nos encontramos em um parque para conversar, um diálogo de perguntas não respondidas e desculpas não aceitas, dei o meu melhor soco na altura de suas costelas. Paralisado mais pela surpresa que pela dor, ele não disse nada quando eu virei as costas e o deixei ao lado do chafariz. Eu estava tão ou mais surpresa do que ele e precisava ficar sozinha. Nessa mesma noite, essa mulher que eu não sabia que eu podia ser disse a Henrique que passasse em casa para recolher suas coisas, o que tinha um belo toque de ultraje já que o apartamento era dele. Por o apartamento ser dele, não botei suas coisas para fora do corredor, como eu tinha vontade e imaginava que seria o adequado tom da história, mas não deixei que ele entrasse quando bateu à porta.

Ele cumpriu à risca o papel do culpado e passou a semana seguinte dormindo na casa de amigos e batendo à nossa porta todos os dias, deixando bilhetes na caixa de correio e pedindo a meus amigos que fossem ver como eu estava. Amigos são a melhor e a pior coisa que você pode ter nessas situações. Todos dirão que respeitam sua decisão de não contar detalhes, mas todos perguntarão o que aconteceu. Alguns dirão que não importa o que foi, todo mundo merece uma segunda chance. Outros dirão que você fez bem em terminar, porque quando as coisas ficam ruins, nunca mais melhoram. Mas todos invariavelmente a deixarão com mais dúvidas que certezas.

Depois da primeira semana, aceitei conversar. Ele foi ao apartamento, bebemos vinho e confessamos que nenhum dos dois vinha comendo direito nem dormindo direito nem pensando direito.

Foi por acreditar que o amor transforma e que pode ser mais forte que todas as coisas que eu consegui perdoar. Henrique voltou para casa como se cada passo seu fosse em terreno desconhecido. Ele entrou, pendurou a mochila em uma das cadeiras da mesa de jantar em um gesto cuidadoso e calculado e perguntou se podia tomar um banho. Eu tentei rir e dizer é claro, você mora aqui. Ele foi para o banheiro e eu fiquei de pé em frente à televisão escutando a água do chuveiro cair sem saber o que fazer comigo mesma, retorcendo as mãos e pensando se quando ele saísse do banheiro eu deveria estar sentada no sofá vendo um filme, deitada na cama lendo um livro, ou casualmente preparando um sanduíche na cozinha. Não podia me decidir, de tal forma que Henrique voltou à sala e me encontrou parada de pé em frente à televisão, retorcendo as mãos e perdendo o controle do coração que batia mais além do peito. Ele me enlaçou pela cintura, me levou até a cama e dormi no seu abraço.

Eu tinha todos os motivos para confiar nele. Sabia que não havia nenhuma justificativa ou fundamento em imaginar todas as canalhices que ele poderia estar fazendo nas horas em que não estava em casa. Ele tinha confessado. Nunca tinha mentido. Mas eu não podia evitar as dúvidas.

Eu não tinha entendido e ele não sabia muito bem explicar o que exatamente havia desencadeado a primeira traição, então, fosse lá o que fosse, poderia muito bem acontecer de novo, portanto eu queria estar atenta aos sinais e tentar detectar essa coisa, esse gatilho de infidelidade, antes que disparasse.

Deixava de pensar na minha vida para me dedicar a seguir a dele. Recusei uma viagem com amigas. Deixava de lado meus planos de sábado para acompanhá-lo. Em pouco tempo eu o detestava por ser o culpado de eu não fazer o que tinha vontade. Mas cada vez que tomava coragem de ir para outro lado, eu me preocupava e imaginava se seria dessa vez, se era essa a noite em que tudo se repetiria. Eu queria era que ele deixasse de existir enquanto não estivesse comigo. Eu iria à praia e ele entraria em um estado de animação suspensa e eu poderia estar tranquila. Era um desejo absurdo por tantas razões que me dava vergonha confessá-lo até para mim mesma. Eu, que o amava por ser tão brilhante, tinha desejos de anular seu carisma, de tirar dele tudo aquilo que o fazia interessante, tudo aquilo que era parte da sua existência no mundo. Queria transformá-lo em meu anexo inexpressivo.

Disse a Henrique que não aguentava mais. Disse que deveríamos nos separar porque eu não podia mais viver a um passo da obsessão. Era outubro e o sol da primavera entrava pela janela da sala, deixando o apartamento tão acolhedor que era uma heresia eu estar ali afirmando que queria ir embora. Ele pediu que eu repensasse, que lhe desse mais tempo, que nos desse mais tempo, porque não era justo conosco e tudo que tínhamos construído e, mais importante, tudo que poderíamos ter no futuro. Aquilo me contorceu a garganta, ele falar como se a culpa fosse minha, como se o erro estivesse na minha desistência, e não com ele.

— Ao inferno nós dois — gritei. — Isso não é justo comigo, você quebra o vaso e eu que preciso juntar os pedaços.

Henrique pediu desculpas, pediu perdão, pediu desculpas de novo e afirmou, como tantas vezes antes, que aquele momento de fraqueza ou insegurança ou autossabotagem ou tudo misturado não se repetiria. Não era uma promessa, era uma constatação: ele sabia que não se repetiria.

Nos filmes bonitos que costumávamos ver nas noites de frio, não há lugar para dúvidas. Você tem um coração partido, você vai embora. Cheia de dor, melancolia e resignação, você se despedirá com um olhar intenso, passará pela porta com passos duros, atravessará a escuridão da noite em uma rua enevoada, seguirá caminhando para dentro da chuva que recém começa a cair e desaparecerá na curva da esquina, porque você sabe que dobrando a esquina encontrará a rendição. Na vida real, as pessoas de coração partido geralmente ficam, como eu fiquei, naquele dia de outubro.

Durante o resto da primavera e do verão, devido à culpa ou a um desejo de compensar as coisas, a dinâmica de nós dois se inverteu. Henrique deixou de fazer o que queria para me acompanhar nos meus eventos, meus lançamentos de livros, meus shows acústicos, minhas viagens de um dia a cidades do interior. E ele passou a ser o ressentido. E eu continuei culpando-o, agora, por ter se tornado um cara entediante, sem nada novo para contar, sem nada a me dizer no fim do dia porque havíamos vivido exatamente o mesmo dia, sem nenhum prazer na vida porque sua vida era ser arrastado a lugares aos quais ele não queria ir.

Ainda assim, ainda que nossa convivência tivesse se transformado no nosso singelo calvário, continuávamos tentando. Havia a esperança de que se aguentássemos tempo o suficiente as coisas voltariam a cair no seu lugar. Esperança e teimosia eram o motor dos nossos dias. Frustração e sofrimento eram o resultado dos nossos esforços.

Henrique consolava meu choro. Aceitava minhas ofensas quando eu descarregava a raiva nele. Nunca respondeu a uma acusação, nunca revidou. Ele tentava fazer com que voltássemos à normalidade. E tentava me fazer feliz.

Mas eu interpretava cada gentileza de Henrique como um atestado de culpa. Se ele deixava eu escolher o filme era só porque ele se sentia mal pelo que fizera. Se ele me esperava com uma garrafa de vinho já aberta era apenas para compensar seu erro. Se ele massageava meus pés era porque o remorso o corroía. Eu não sabia se ele estava sendo mais gentil porque tinha vontade de fazer uma gentileza ou se todas suas ações nasciam da culpa. E se a cada vez que ele era mais amoroso comigo estava pensando em como se sentia culpado, ele estaria, em consequência, pensando nela. E, se fosse assim, a partir de agora, para sempre, seu comportamento comigo estaria atado àquela noite com ela. Estaríamos atados, nós três, para o resto da vida.

A situação me enlouquecia, estava evidente também para ele. Eu o repelia e depois o acusava de se afastar. Eu dizia que ele não deveria me tratar diferente de antes, nem no mais mínimo, e então pouco depois eu tentava manipulá-lo e fazer com que ele se sentisse em dívida. Eu tinha medo de perdê-lo. Tinha medo de que ele me deixasse por não suportar meu total desequilíbrio, então eu tentava convencê-lo de que ele não tinha o direito de me abandonar sem antes arrumar o que havia estragado.

Por mais que eu não pudesse continuar com ele, eu não podia conceber uma vida sem ele. Apenas quando já estávamos feito cacos e eu culpava sua infidelidade por tudo de ruim que nos acontecia, desde minha baixa autoestima até a resistência queimada do chuveiro, é que eu consegui dizer que dessa vez, realmente, mesmo, dessa vez eu queria me separar, e ele entendeu.

Diário de Sonhos # 254,
INVERNO

Não estou lá, mas vejo que meu pai acorda e está transformado em um enorme pássaro. Ele não se dá conta e segue sua rotina de sempre. Veste um terno com dificuldade, escova o bico sem perceber que não possui dentes, toma um café apressado. Sem notar que é um pássaro, meu pai abre a porta e, em vez de bater asas, caminha em enormes pulinhos desengonçados, tão grandes quanto suas pequeninas longas pernas permitem. Desavisado, ele não se importa com os gigantescos gatos que caminham pelo meio-fio.

Oito

Diogo entrou na minha vida como um bicho manso, de pisadas leves que não deixam pegadas e sem nenhum gesto ameaçador. Ele nunca mencionou o incidente do churrasco, jamais criticou meus amigos e não se ressentia pela maneira displicente com que Marcela o tratava. Como se ele estivesse acima disso tudo. Como se, por saber estar tão distante do nosso mundinho, tão à parte das nossas preocupações, tão alheio ao nosso status profissional, ele pudesse flutuar sobre nossas cabeças.

A presença apaziguadora de Diogo fazia bem à minha saúde. Se no começo eu o acompanhava nos eventos em que ele trabalhava, em poucas semanas eu preferia ficar em casa enquanto ele saía para exibir seus dentes brancos a convidados sedentos, esvaziar centenas de garrafas em copos alheios e voltar para mim.

Diogo, que não tinha conhecido meus dias que beiravam o alcoolismo, dizia gostar do meu jeito tranquilo, de como eu não dava bola para festas e bares e encontros sociais. Eu escutava e sorria inclinando a cabeça um pouco para a direita com um olhar tímido, porque eu achava que nisso consistia um sorriso sincero. Não via necessidade em destruir impressões que ele concebera de maneira tão espontânea e contra toda a evidência. Diogo me conhecera em um encontro social dos mais fúteis, ele mesmo trabalhando para minha embriaguez e me acompanhara à casa ajustando meus passos à estreiteza do corredor. Se ele decidiu me ver como mulher caseira, não cabia a mim desfazer suas ilusões. Até porque suas ilusões talvez não fossem assim tão ilusórias. Eu o esperava em casa. Eu o recebia sóbria. Eu não frequentava mais bares e festas e fazia séculos eu não precisava de alguém para me contar o que eu tinha feito na noite anterior.

Na nossa convivência doméstica, circulávamos em uma dimensão apenas de nós dois. Era, na maior parte, obra dele. Se durante o dia Diogo construía miniaturas de condomínios para bonequinhos importados dos Estados Unidos, à noite ele construía nosso pequeno universo, habitado por seus sonhos e sorrisos. Ele acreditava tanto nele mesmo que fazia com que os outros também acreditassem. Não se incomodava por não ter um diploma, não o diminuía não ter um plano de carreira. Ele dizia que as coisas que a gente deseja muito encontram um jeito de chegar até nós. Embora me causasse certo desgosto o tom de autoajuda, eu conseguia imaginar que o universo não teria mesmo motivos para não conspirar a seu favor. Então se ele dizia que as maquetes eram bom aprendizado para cenografia, eu dizia claro que sim, se ele dizia que as noites de garçom eram um exercício de humildade, eu respondia sem dúvida, e se ele previa um futuro melhor para todos nós, eu repetia: muito melhor. Foi com fé em seu futuro brilhante, ainda que não sem certa hesitação por desconhecer seus reais talentos, que eu o apresentei ao dono de uma produtora audiovisual que havia sido meu colega de faculdade.

Ele é tão jovem, foi o único comentário que o produtor cochichou ao meu ouvido quando nos despedimos depois de uma reunião em um bar, o que me atingiu como um parecer desencorajador. Mas ele ligou para Diogo dois dias depois e perguntou se gostaria de apresentar um projeto para a campanha institucional de um centro médico que eles gravariam no fim do mês. Diogo estava realizado com a mera abertura para uma proposta e ficou estupefato quando conseguiu o trabalho. Ele tinha "ideias pouco usuais, mas com personalidade" e um raro conhecimento técnico que lhe permitia reduzir custos com pequenas alterações de material, foi o que eu soube por meu amigo. Vieram mais campanhas, mais trabalhos, Diogo reduziu as horas na empresa de maquetes e não fazia mais as noites de garçom. Eu me orgulhava dele e ele agradecia a mim, como se eu tivesse trazido os ventos da bonança.

Ele se encaixava no negócio de maquetes e cenários. Tinha uma mente criativa, mas não artística. Podia visualizar ambientes e contornos e construí-los à perfeição. Mas sua imaginação seguia a mesma lógica de funcionamento das vigas de uma casa e me dava a impressão de ser uma imaginação oca. Quando os sonhos de cenografia começaram a se tornar realidade, nossas conversas noturnas passaram a tratar de sonhos menos imediatos e lançados ao espaço sem compromisso. Diogo imaginava uma casa na zona rural da cidade, e sua casa teria paredes, vigas e pilares, mas jamais houve um cachorro ou cheiro de terra depois da chuva ou o barulho dos pássaros. E se Diogo nos imaginasse em uma viagem à Itália, haveria colinas e praias, mas nunca o mormaço do sol ou mal-entendidos com mammas italianas em pizzarias. Seus sonhos eram estruturas sem recheio, e me dei conta de que era minha função preenchê-los.

— O que faremos em Milão? — eu perguntava.
— Tudo que você quiser — ele respondia.
— Como vamos falar com as pessoas? — eu insistia.
— Em inglês — ele encerrava com um sorriso meigo.

Eu ficava satisfeita por colorir os sonhos de Diogo. Eu que tinha limites tão pouco definidos encontrava em Diogo a moldura para minhas ideias pouco sólidas. Então eu povoava o futuro de Diogo com bibliotecas que nos preocupariam por acumular pó e cupins, vizinhos com pomares de limões e laranjas, reproduções de obras de arte, poltronas que afundam, gaitas, pandeiros e violões adesivados e tudo o que eu vagamente pensava me faria feliz. Nas nossas lacunas nos compensávamos e caminhávamos, ele todo entornos, eu toda miolo, abraçados como se um manco da perna direita e o outro da esquerda.

Eu tinha vontade de lhe dizer tantas coisas. Tinha vontade de contar como me salvou, como me fez acreditar de novo, como eu não queria mais me estragar e queria ser alguém que valesse a pena, ser bonita aos olhos de Diogo, ser boa para seus ânimos.

Como num sonho, te fazer alegre, Diogo, contar dos meus dias mais contentes porque precedidos pelo nosso encontro, contar de como minhas noites são mais pacíficas porque dormidas ao teu lado, contar de como, às vezes, no meio da madrugada, acordo para te ver sonhar e imagino que estamos em uma cabana aos pés do Aconcágua ou em um casebre às margens do Rio Tâmisa, qualquer lugar assim impraticável, qualquer lugar que pudesse ilustrar um conto de Hemingway, e então eu narro a minha vida enquanto você dorme, desde a minha primeira lembrança de infância (um filhote de gato saindo de uma caixa de presente) até o dia em que te conheci (um beijo em uma boca ainda anônima). Falo e torço para que você aceite, para que entenda. Faço do teu sono um altar. É a ansiedade que me deixa acordada. A ansiedade de querer te amar antes de amar de fato, de querer dar tudo de mim e sair livre. Deito de lado, encaixo meu queixo na curva do teu ombro, descanso o braço no teu peito e enrolo os dedos nos cachos dos teus cabelos. Tão frágeis, os teus cabelos. Quando você acordar, todos os dias que você acordar, vou dizer que já passou. Não sei o quê, mas já passou. Direi como num final de filme, está tudo bem. O mundo não acabou, a bomba não explodiu, não há mais terroristas, não há mais acidentes com pessoas boas, não há mais ninguém no alto de um prédio calculando o tempo que leva até o baque. Não há baque. Assim que você acordar, vou te dizer o impossível, o incomunicável, a palavra absoluta que resolve todos os mistérios, assim que você abrir os olhos e sorrir ao me ver ainda do teu lado, na nossa casa no Tâmisa, nossos lençóis amassados. Vou levantar poucos minutos depois de você, te seguir até a cozinha, vamos tomar café preto e você não vai reclamar da falta de açúcar. E eu nunca vou comprar seu açúcar porque depois que você acordar, depois que o mundo não acabar, vou ter que te deixar e deixar que você encontre uma pessoa que lhe faça bem. Porque não serei eu. E você vai me olhar calmo, me dar um beijo distante, mas agradecido e irá embora, e você vai estar tão leve que não vai se dar conta de que não fui junto. E estará tudo em ordem, porque eu já estarei a salvo e você nunca esteve em perigo.

A vida era boa e eu era melhor até o dia em que ele disse que me amava. Me encarou no olho e disse. Foi corajoso. A maioria das pessoas só diz o primeiro eu te amo quando olham de canto, quando olham para o chão, quando estão dentro de um quarto com as luzes apagadas e podem fechar os olhos na hora de dizer, ou pelo menos não encarar. Antes de dizer que te amam, a maioria das pessoas vai passar os dedos no teu cabelo, correr as unhas pelo teu pescoço, beijar o lóbulo da tua orelha e dizer baixinho eu te amo, colado no ouvido, sem olhares envolvidos. Mas Diogo me olhou de frente, sorriu porque não sabia não sorrir e disse eu te amo, sacudindo um pouco a cabeça em negativa, como quem diz nas entrelinhas que não tem nada que ele possa fazer a respeito. E como se fosse a mesma frase, como se uma coisa naturalmente puxasse a outra, ele continuou dizendo não responde, em um tom de ordem que até então nunca havia usado. Eu te amo, em voz calma e apaixonada, Não responde, firme e suave. Eu te amo, não responde. Entendi que ele sabia que eu não o amava. Precisava dele, gostava e conseguia admirá-lo, mas não o amava, e ele sabia. Queria amá-lo, mas o meu desejo não tinha o poder de gerar em mim o amor que eu desejava. Eu iria machucá-lo, e nós dois sabíamos disso.

Mesmo que ele não pedisse o meu amor, mesmo que até resistisse a ele com sua ordem de silêncio, eu não sabia mais como estar a seu lado, nem como agir. Feito uma adolescente nervosa, não sabia o que fazer com os braços, com que palavra começar uma conversa, que disco sugerir nem o que dizer quando ele perguntava se eu tinha gostado da comida, não sabia como seguir agindo como antes quando era tão evidente que não podíamos mais ser como antes. Ele não pedia nada, mas eu não conseguia aceitar um amor não correspondido, independente do lado que eu estivesse. Diogo não percebia ou não se incomodava com meu desconcerto.

Ele continuava a nossa rotina, sem esperar que eu o amasse, nunca sequer repetiu que me amava, sem dúvida para que eu não me sentisse obrigada a responder. E tivemos dias bons. Ele se orgulhava do trabalho que vinha fazendo na produtora, o que o deixava mais confiante e, assim, mais atraente. Eu conseguia às vezes viver o momento e me permitia ficar a seu lado, orbitando a felicidade que ele exalava. Passamos noites românticas na varanda, em discussões aferradas sobre se estaria cheia a lua ou ainda crescente. Dormimos até mais tarde nas manhãs de sábado e dormimos de novo apenas ao nascer do sol de domingo. Ele estava despreocupado, e eu tinha medo. Meu medo era tanto que, como a criança perdida que os pais ensinaram a voltar para a bilheteria do circo, eu fui atrás do meu ponto de encontro e liguei para Henrique.

Nos encontramos em um velho bar do Bom Fim. A primeira coisa que notei foi como Henrique estava mais magro, o que deixava seu rosto mais definido e seus ombros mais pontudos. Vestia a camisa que eu lhe dera e continuava sorrindo com um lado só da boca. Tinha voltado a fumar e disse que era culpa minha. Em um gesto novo, puxou a cadeira para que eu sentasse. Sem perguntar o que eu queria, como quem já sabe o que eu quero, pediu uma garrafa de vinho.

Ele reclamou do trabalho, eu reclamei do trabalho, perguntamos um ao outro sobre os amigos emprestados que não víamos mais, fulano ia ter um filho, sicrano tinha batido o carro e beltrano, você sabe como é beltrano, continua com mais namoradas que pares de meia, e ríamos. Falávamos sobre coisas sem importância, mas caminhávamos por cima dos escombros de nós dois, e às vezes alguma lembrança sobrevivente esticava o braço para cima e a resgatávamos para sorrir por uns minutos e conversar e rir de novo como se tudo não houvesse mudado. Ele disse que queria ter ligado, mas não sabia se eu queria. Eu disse tudo bem. Ele disse que sentia minha falta. Eu disse que era tarde e já devíamos ir.

Saímos do bar. Fazia frio. Eu fui dizendo que foi bom ver você e saber que você está bem e caminhava na direção do ponto de táxi, onde não havia táxis. Ele encostou a mão nas minhas costas.

— Eu te levo em casa.

Caminhamos até seu carro em um abraço esquisito, ele me enlaçando pela cintura e eu com os braços cruzados. Me acompanhou até o lado do passageiro, o que não me surpreendeu depois de ele ter puxado minha cadeira, mas em vez de abrir a porta ele bloqueou meu caminho, tirou uma mecha de cabelo imaginária da frente dos meus olhos e com a mão atrás do meu pescoço disse:

— Você fica linda sob a luz dos postes.

— Ninguém fica lindo sob a luz de postes.

— Não, só você.

Foi o pior beijo que ganhei de Henrique e eu nunca poderei explicar por que depois de um beijo tão ruim, um beijo do qual eu me arrependia enquanto o consentia, concordei em ir para a casa dele.

A decoração da sala estava diferente. Havia um tapete novo, talvez porque eu odiasse tapetes. As luzes eram brancas e incômodas e ele só tinha vinho malbec, o que eu nunca comprava. Seus beijos me arranhavam e suas mãos, que um dia eu apreciara pela força, agora me tocavam desajeitadas. Nada era bom, e eu não queria estar ali, mas sabia que não iria embora. Parte de mim dizia que seria o ponto final da relação, uma última noite para encerrar qualquer coisa que houvesse ficado pendente entre nós. Parte de mim dizia que seria bom que fosse ruim, que a melhor coisa que podia me acontecer era ter uma noite péssima com Henrique e nisso provar o quanto eu não o queria mais. Mas eu me enganava. Já havíamos nos despedido, e eu já estava detestando seu toque e se eu não fui embora foi apenas porque ele ainda exercia um enorme poder sobre mim.

A opinião que ele tinha de mim ainda era a opinião que eu tinha de mim. Se eu desistisse, e ele me achasse frágil ou imatura, também eu acreditaria ser frágil e imatura. E assim ele ainda me dominava, mesmo quando já não fazia parte da minha vida nem tinha acesso ao meu corpo. Então eu fingi que queria, fingi que eu havia crescido desde a nossa separação e que agora eu era esse tipo de mulher emancipada que pode ter uma noite de sexo com o ex e isso não significar nada, fingi que isso não tinha nada a ver com Diogo e que não sentia que o estava traindo. Foi uma noite em que fingi muitas coisas.

No dia seguinte cheguei em casa e Marcela estava vendo televisão na sala.

— Diogo ligou ontem de noite procurando por você.

Ouvi a acusação no tom do comentário. Marcela também tinha aprendido a gostar de Diogo.

— Henrique — foi a única coisa que respondi.

Foi o suficiente para que ela deixasse cair da mão o controle remoto. Marcela saltou do sofá como um gato assustado, desligou a televisão e bloqueou o corredor para que eu não pudesse passar ao quarto. Me olhava com uma interrogação tão grande na cara que temi que sua testa criasse rugas permanentes.

— Eu sei. Foi uma idiotice, um erro, um impulso. Ficamos bebendo e as coisas aconteceram. Mas não foi nada. Não significou nada.

— Qual é o seu problema, Sara? — foi tudo o que ela disse.

E, meu deus, eram tantos e tão pouco claros que eu não saberia por onde começar. Meu problema era Diogo ser tão odiosamente jovem. Meu problema era Henrique, o ex-amor da minha vida, e como me doía mais o fato de eu já não amá-lo do que a separação em si, porque se é possível seguir a vida normal depois de perder um grande amor, isso bem que diminui a grandeza dos grandes amores. Meu problema era meu trabalho que havia salvado minha vida quando eu precisava me agarrar a algo, mas que agora não fazia mais que ocupar dez horas do meu dia com atividades que pouco me interessavam e em nada me satisfaziam. Meu problema era essa cidade onde nada nunca acontece e as pessoas são sempre as mesmas, esse apartamento onde eu sempre seria uma hóspede, essa monotonia ridícula que eu deveria aceitar como se fosse uma vida e estar agradecida porque sempre há tanta gente que ainda nem encontrou emprego depois da faculdade, gente que ainda mora com os pais, gente que, pior, trabalha para os pais. Meu maldito puto problema era que só me comparando a gente mais miserável eu podia acreditar que era feliz. Então olhei fundo nos olhos de Marcela e disse:

— Por favor, me deixe dormir.

— Agora você se sente melhor pelo menos?

— Não, mas acho que eu quis me sentir pior.

As doze horas que passei trancada no quarto foram para adiar meu retorno ao mundo real. Quando levantei, Marcela não estava, o que deveria ser um alívio, mas se transformou em um desespero solitário. Caminhei pela sala, de uma janela a outra, da cozinha ao banheiro, do banheiro ao quarto, do quarto à cozinha, da área de serviço à sala. Liguei para Marcela. Oi. Onde você anda? (...) Você pode vir pra casa? (...) Precisava conversar. (...) Eu sei. (...) Desculpe. (...) Sim, eu sei. (...) Sou uma idiota. Desculpe. (...) Eu sei. (...) Você vem? (...) Obrigada. (...) Eu sei. Eu também te amo. Obrigada.

Contei a ela os últimos acontecimentos. A declaração de amor de Diogo, minha repulsa por Henrique, minha insegurança, meu arrependimento. Ela escutou de olhos baixos e quando eu terminei meu relato com um suspiro que prevenia lágrimas, ela me puxou pelo ombro e deitou minha cabeça no seu colo. Com a voz banhada em mel, ela disse:

— Sabe, eu nunca vou entender completamente o que se passa na sua cabeça e meu mundo sempre vai ser mais preto no branco do que o seu. Quando eu quero uma coisa, eu quero uma coisa, quando eu não quero, não quero e pronto. Mas as suas vontades são cheias de condicionais e dúvidas e desdobres. Às vezes eu acho que você se esforça tanto para ser diferente, diferente de quem você é e diferente do que os outros são, que você acaba perdendo o lugar no mundo. Você me faz pensar em uns antigos candelabros de prata, que quando novos não são usados por serem bonitos demais e depois não são usados por estarem sem brilho. E ninguém vai reformar o velho candelabro porque seria muito trabalhoso para uma peça que vai ficar sempre intocada na prateleira mais alta. Você estava na prateleira mais alta naquela vida de fantasia com Henrique, você está agora no fundo do porão, onde pode ir desaparecendo sem que ninguém se incomode, mas você nunca está em cima da mesa sendo apenas um candelabro comum. Talvez assim você fosse mais feliz.

Marcela era esse oceano que transbordava calmaria quando eu esperava que atacasse com fúria.

— Você precisa ser menos medrosa. Você morre de medo de Diogo e que ele a faça feliz.

Essa era a constante: medo de viver sem Henrique me fez perdoá-lo. Medo de viver com Henrique me fez perdê-lo. Medo de amar Diogo me impedia de me entregar e me jogou nos braços de Henrique. Medo de ser a pessoa mais miserável com quem os outros se comparariam para serem felizes me fazia manter o emprego, pagar minha metade do aluguel, parecer contente.

— O que eu faço agora? — choraminguei.
— Não sei, mas alguma coisa que faça bem.

A culpa é capaz de destruições titânicas. Depois de olhar Diogo nos olhos e inventar algum absurdo sobre ter esquecido o celular em uma loja e depois ter ido visitar uma tia em Viamão e por isso não atendi suas ligações, eu soube que não o merecia mais. Ele não desconfiou, é claro. Como já tinha começado a mentir, não havia por que parar, e fingi uma gripe que me permitiu ficar em casa uma semana e que justificava meu desânimo, minha fraqueza e os olhos vermelhos.

Na segunda-feira, Diogo chegou em casa no fim do dia com filmes, uma revista semanal e um pedaço de rocambole da minha padaria preferida, que não ficava nem perto de casa, nem perto do trabalho dele, nem perto de coisa alguma e ele tinha ido até lá só para me animar. Escolhi o filme mais triste, joguei a revista embaixo do sofá e neguei a torta, porque minha gripe fictícia não me deixava sentir o gosto de nada.

Na quarta-feira, ele me ligou no intervalo de almoço e passou cinquenta minutos descrevendo maquetes, contando ordens do chefe e inventando novos destinos para nossos futuros hipotéticos, sempre quis ver o Japão e sempre quis ir à Itália e etecétera. Na quinta, apareceu de noite com antigripais e receitas de sopa.

Na sexta de manhã, ele talvez já estivesse um pouco cansado, porque levantou tarde, tropeçou nos lençóis saindo da cama e deixou o chuveiro gotejando depois de tomar banho. Jogou a toalha em cima da cama. Me chamou de preguiçosa. Remexeu uma pilha de roupas no chão do quarto e dali puxou os óculos escuros. Me perguntou quando eu pretendia levantar. Respondi que nunca. Ele riu. Achou que fosse uma piada. Repeti: nunca. Ele me beijou na testa por cima dos cabelos emaranhados, puxou o cobertor mais para cima, até os meus ombros, e fechou a porta depois de sair. A umidade da toalha chegou aos meus pés.

Depois de uma semana longe do trabalho, meu chefe me ligou pela primeira vez. Até então, havíamos trocado dois ou três e-mails e ele me desejava melhoras. Por telefone, perguntou se eu tinha previsão de quando poderia voltar. Entre preocupado e desconfiado, tentou arrancar de mim algum diagnóstico. Insisti na gripe, inventei um risco de pneumonia e disse que tinha certeza de que logo ficaria melhor.

Eu sabia que a agência me esperaria, ainda mais depois de todas as horas extras que eu havia trabalhado sem receber nos últimos tempos. Por semanas, eu havia sido peça essencial em tudo que passou pela criação e, se houvesse um banco de horas, eu ainda estaria na posição de credora. O mesmo chefe que me ligava agora tinha me elogiado em frente à equipe toda e me chamara à sua sala apenas para me incentivar a seguir no mesmo ritmo. Havia me tornado indispensável. Decidi ficar mais uma semana em casa.

Marcela tinha desistido de mim e me deixava quieta no quarto. Eu sabia que ela ainda tentava me cuidar porque, nas raras ocasiões em que eu ia até a cozinha, encontrava pratos de comida na geladeira, bilhetes de bom dia ou frases inspiradoras e pacotes de bolacha ao lado de garrafas de suco. Eu não comia muito, o que ela também sabia por que eu deixava os pratos pela metade em cima da pia, não tocava nas bolachas e apenas as garrafas de suco desapareciam. Diogo depois as recolhia pelo quarto e colocava no lixo seco, reclamando que o cheiro de laranja não saía mais de mim.

Diogo continuava aparecendo em casa, e se eu não conseguia conversar com ele, também não era capaz de lhe dizer que fosse embora. Ele vinha com presentinhos, deitava do meu lado, assistia ao filme e perguntava se eu queria alguma coisa. Preciso dormir, eu respondia e virava para o lado. Tinha a impressão de que ele se impacientava, mas nunca disse uma palavra de reprovação.

Segunda-feira voltei ao trabalho. Meus colegas me receberam com abraços e finalmentes, e sentei na cadeira de sempre, em frente ao computador de sempre, com os clientes de sempre e suas habituais reclamações. Foi uma semana tranquila apesar disso. Pouca coisa chegava à minha mesa e o chefe evitava que eu assumisse qualquer tarefa fora do meu horário padrão. Eu interpretei como delicadeza e preservação da minha saúde, mas hoje vejo como ele já estava preparando o terreno para me demitir na sexta-feira. Demorei para acreditar e demorei ainda mais para assimilar. Foi o típico discurso de corte de gastos, corte de pessoal, uma grande pena, muito sucesso no futuro. E me vi na rua, sem ter me despedido de ninguém, sem saber o que fazer.

Carregava uma sacola de supermercado com meus parcos pertences na agência: uma caneca do Calvin e Haroldo, minha lapiseira preferida, um cubo mágico e um marca-páginas imantado com um retrato de Picasso jamais usado em livro algum. Um enjambre de decoração que pretendia fazer com que eu me sentisse à vontade no trabalho e que agora parecia a coisa mais idiota do mundo. Voltei para casa a pé, pensando em como contar aquilo a Marcela, como se ela fosse minha mãe e eu precisasse contar que havia sido reprovada de ano no colégio.

Horas mais tarde, não sei quantas, Marcela chegou em casa e me encontrou sentada no sofá, a sacola de supermercado do meu lado. Mal bateu o olho em mim e disse:

— Mandaram você embora?
— Como adivinhou?
— Eu meio que já desconfiava. A Karen disse que estava um clima meio estranho na agência.

— Ela falou isso para você?

— É, estava preocupada.

— Para mim, não falou nada.

— Você sabe como é esse meio, todo mundo tem medo de dizer alguma coisa errada.

O mercado regulando minhas amizades e eu de novo traída, dessa vez por ter sido protagonista de boatos que rondavam às minhas costas, por cima da minha cabeça, como uma nuvem negra que bem se concretizava e ninguém para dizer nada. Marcela e Karen devem ter se entretido nas conversas que me excluíam e previam minha forca. Ela percebeu meu despeito porque logo emendou:

— O que você esperava? Duas semanas sem justificava. As faculdades despejando publicitários baratos nas ruas e você em casa recebendo sem trabalhar.

— Foram só duas semanas.

— Meio mês, Sara. Com metade do seu mês eles podem pagar quatro estagiários até março.

É claro que podiam, eu mesma já tinha trabalhado de graça antes de ganhar experiência. Mas eu supunha que essa tal experiência contaria pontos mais tarde, que depois de anos agregando valor a marcas, eu também teria algum valor agregado, algum peso quando pensassem em me trocar por jovens entusiasmados dispostos a virar noites em troca das grandes festas da empresa no fim de ano. Como de costume, eu estava enganada.

Diogo ficou mais chateado do que eu. Ele considerava a maior injustiça já cometida na história das relações trabalhistas e sugeriu que eu abrisse processos e fizesse denúncias. Mas eu sabia que se processasse uma agência na cidade nunca mais trabalharia em nenhuma outra. Não que alguma outra estivesse muito interessada em mim. Embora muitas tivessem me ligado depois de receber meu currículo, todas torciam o nariz quando eu apresentava minha pretensão salarial. A princípio, eu pedira um pouco mais do que ganhava na agência, depois pedi o mesmo e, por fim, até menos do que antes, e ainda assim eles sempre acabavam se decidindo por outro caminho, outra linha.

Foi minha mãe a primeira a perguntar você não queria viajar, minha filha? Lembra, aquele intercâmbio que não saiu? Estávamos almoçando juntas, coisa que não fazíamos há meses porque me faltava tempo. Pela primeira vez em anos, eu buscava — e aceitava — conselhos. Ela estava certa. Talvez agora fosse uma boa hora, você pode fazer um curso no exterior, ela continuou. Eu tinha algum dinheiro guardado, tempo de sobra e nada que me prendesse. Me faltava algum propósito, mas isso também me faltava em Porto Alegre. Me despedi da mãe sabendo que não nos veríamos por meses.

Fui até o trabalho de Marcela e pedi que ela descesse um minuto para falar comigo. Precisava conversar sobre a ideia da viagem o mais rápido possível. Eu não tinha coragem de abandonar minha vida assim, mas Marcela teria. Quando a vi sair do elevador, temi que o nervosismo não me deixasse falar. Ela me cumprimentou sorridente e começou a contar uma história confusa envolvendo um flanelinha, uma pomba e um sobretudo. Quando Marcela enfim parou de sacudir os braços, revirar os bolsos, falar e fazer as três coisas ao mesmo tempo, eu disse que queria conversar.

Ela me olhou bastante séria e perguntou qual era o problema. Garanti que não era problema, disse que minha mãe tinha dado uma ideia meio maluca, mas que talvez tivesse algum cabimento já que eu não estava ocupada com nada mesmo. Com medo da reação dela, contei como se minha inclinação a viajar fosse apenas pela obrigação de seguir os conselhos maternos, não que eu quisesse de verdade.

Sua mãe sabe o que diz. Marcela me abraçou e concluiu que era algo assim a que ela se referia quando disse para eu ir atrás de coisas que me fizessem bem. Algo que me motivasse, me tirasse da cama e me curasse de gripes imaginárias. Para onde vamos?, perguntou, sabendo que aonde eu fosse levaria sua energia comigo.

O destino ainda era uma incógnita, mas isso parecia o menos importante. O próximo passo era contar a Diogo antes que eu duvidasse da decisão recém-tomada. Marcela disse que de noite celebraríamos, eu podia ir falar com Diogo durante a tarde e ela nos esperaria em casa para olharmos mapas e pensarmos que país me receberia melhor. Saí de lá com a sensação de estar em uma gincana, como se tudo não passasse de uma brincadeira e, no fim do dia, eu não teria mais que uma medalha e depois voltaria à vida normal. Diogo estava ocupado com as maquetes, então pedi que me encontrasse em casa quando pudesse.

Estava ouvindo música com Marcela quando tocou o interfone. Mais uma vez, meu coração brigou para abrir espaço no peito e desci as escadas pulando os degraus de dois em dois para abrir a porta para Diogo. Ainda na subida eu olhei para ele ansiosa e disse:

— Decidi que vou viajar.

Fiquei esperando dele uma reação de incentivo. Mas Diogo pareceu confuso. Expliquei que desde que fiquei sem trabalho andava sem perspectivas, que estava enjoada da cidade e que às vezes achava que minha vida correra rápido demais, que fazia pouco eu tinha saído do colégio, e então emendei a faculdade e o trabalho, e meus amigos começavam a ter filhos e seus próprios estagiários, e no meio disso tudo eu não tivera tempo de, sem pressão, aproveitar a vida, ser livre e irresponsável, e aí eu tinha decidido tomar um tempo e viajar por uns meses.

Diogo ainda mais confuso.

— Você vai viajar? Por meses?

A coisa seria mais difícil do que eu tinha previsto. Afirmei sim, viajar, sim, por meses, contei que só faltava decidir para onde ir. Ele ficou quieto. Ferido. Como a última braçada de quem está prestes a se afogar, ele perguntou:

— E você vai sozinha?

Agarro sua mão.

Abrimos a porta do apartamento e vemos Marcela na cozinha misturando vodca com alguma coisa. No momento em que põe os olhos em Diogo pergunta quem morreu? Diogo decerto buscava refúgio para sua amargura porque não tardou um segundo em dizer sua amiga acaba de me contar que vai embora do país. Entre espremer uma laranja e polvilhar um copo com sal, Marcela dá um gritinho de empolgação:

— Eu sei! Não é ótimo?

Estupefato, Diogo proclama um discurso que eu acreditaria que ele tivesse ensaiado na frente do espelho de casa, não fosse eu ter lhe contado meus planos dez minutos antes.

— Claro que não é ótimo. Ela sequer sabe para onde infernos ir. Viajar meses, sabe deus quantos. E vai dar um tempo de tudo, o que inclui dar um tempo de mim.

Marcela está imóvel. Como em uma cena de filme, Diogo agarra o drinque da sua mão petrificada e sai bebendo para a sala. Os globos oculares de Marcela se viram para mim, sua mão estática como pendurada por cordas de um titereiro invisível, sua boca se abre sem som e eu não sei se fico ou se vou atrás de Diogo. Marcela recobra vida e, enquanto agarra um segundo copo, sacode a cabeça e murmura esse rapaz tem problemas, Sara, e desconfio que o maior deles seja você, vai ser bom você ir embora. Vou até a sala.

Diogo segura um copo vazio sentado em cima da mesa de jantar e balança as pernas alternadamente, a esquerda para frente, a direita para trás, vice-versa, em um ritmo frenético e tenso. Me sento no chão, à sua frente, e lhe peço com os olhos que se acalme. Diogo me observa e vejo que suas pernas entram em um compasso mais tranquilo. Fuço entre os dedos do pé na esperança que dali surja algum assunto, como veja, acho que peguei micose ou o que você acha de esmalte nos pés? Mas não há fungos, não há distração, apenas Diogo que me olha do alto da mesa de jantar, copo em punho, à espera. Desculpa, eu peço, sem saber por que nem a quem. Ele suspira e desce ao chão. Senta do meu lado e apoia a cabeça no meu ombro. Ainda escutamos Marcela revirando laranjas e garrafas quando vamos dormir deixando tudo para amanhã.

O dia seguinte é tragicamente um sábado e havia muito tempo para conversar com Diogo e com Marcela, exceto que Marcela saiu e Diogo está pouco comunicativo. Por favor, entenda, eu repito dezessete vezes pela manhã e doze mais pela tarde. Por não ver nada de errado com a minha vida, ele não entende por que eu quero sair dela. Diogo parece tão mais maduro que dois meses antes, tão mais maduro que na noite anterior. Quando o conheci, ele era só um garoto bonitinho, e agora tão homem vivido, tão sobrevivente de sofrimentos. Ele que crescia ou eu que retrocedia?

— Acho um desperdício você deixar uma carreira na qual é tão boa.

— Eu não deixei a minha carreira, ela me deixou.

Ele não parece apenas brabo ou machucado, parece, pela primeira vez, me julgar, e o veredito não me é favorável. Em busca de respostas ou de uma retaliação, ele pergunta:

— O que você queria esse tempo todo? Eu sei que você vinha de uma relação difícil, eu sei das feridas que eu não podia curar. Eu declarei o que eu sentia e sabia que não era recíproco, mas achei que estávamos no início de algo, e não que você estivesse em uma transição. Achei que era questão de esperar, que se eu seguisse seu ritmo, haveria espaço para amar. E sei que não sou o cara perfeito. Mas estou aqui e ofereço a vida que eu posso, simples, mas real. E ao invés de ficar e trabalhar nos arremates, você quer ir embora em busca do que já está ao alcance das suas mãos.

Diogo. Vinte anos. Um sábio da noite para o dia. O homem que eu deveria ter amado.

Apesar do que me parece uma súplica por amor, ele diz não estar interessado em amor pela metade. E se eu planejo deixá-lo daqui a dois dias, duas semanas ou dois meses, ele não quer passar esse tempo antecipando a despedida. Assisto enquanto ele recolhe suas coisas do meu quarto, onde ele havia dormido a maioria das noites nos últimos meses. Enquanto ele revira as gavetas do banheiro, escrevo o que não sou capaz de dizer: Tenho certeza de que poderia amá-lo, se o destino pedisse minha opinião, diria que quero outra chance no futuro. Isso dizia o meu bilhete, escrito em uma folha de um bloco de endereços, minha declaração romântica na página arrancada da letra U (eu não conhecia nenhum Ulisses nem Umberto, nem um improvável Ugo sem agá), escrita na minha má caligrafia e amassada no bolso da calça que ele vestia ontem. No instante em que ele vai embora, quero reescrever a nota. Ele não acredita em destino. Nem eu. Mas de qualquer modo, eu tampouco acredito muito no amor. Durmo no doce embalo das dúvidas e torço para que o dia seguinte chegue devagar. Quando acordo, vejo no celular uma mensagem de Diogo: O destino não pede opiniões, ele espera ser feito. Diogo, meu não amor, cheio de razão.

Decido que preciso ir para um lugar distante, onde não encontre conhecidos nem tenha que emprestar um sofá para parentes de férias. Atravessar o mundo seria caro demais e, querendo acreditar no destino, compro as passagens para o lugar mais longe que meu orçamento permite: um voo para Lima. Conto aos amigos por e-mail, não quero me alongar em despedidas nem ver todo mundo antes de ir embora.

Quase todos respondem surpresos com a "loucura". Alguns o dizem em tom de juízo, outros divertidos, e todos convencidos de que era qualquer fase passageira. Porque a loucura é aceitável em baixos níveis. Aceita-se que as pessoas às vezes entrem em crises existenciais. Aceita-se que em um dia quente de chuva, uma pequena parcela do total de habitantes de uma cidade decida molhar-se, como diversão, em um ato de alegria. Aceita-se que apaixonados cometam eventuais descuidos da conduta padrão. Mas todos devem ser breves. Os inquietos de alma devem se ajustar, a chuva deve passar e a paixão se extinguir.

Diário de Sonhos # 95,
INVERNO

Estou deitada no divã de couro marrom e o terapeuta pergunta se eu quero lhe contar por que o procurei. Para ter um caso tórrido, respondo. Ele pede que eu repita. Sempre achei muito erótico isso dos amores proibidos, você tem que me tratar, não é? Podia começar tirando a minha roupa. Você topa? Não, isso é estritamente proibido. É evidente que é proibido, por isso é sedutor. Por que você se sente atraída pelo proibido? Ai, não seja tedioso, você está estragando tudo. Você quer falar de outra coisa? Não, eu só vim em busca de um caso tórrido. Está proibido. Mas eu me sinto atraída por você. Estritamente proibido. É proibido que eu me sinta atraída por você? Bem, não, todos os sentimentos são válidos, mas não podemos ter nenhum tipo de relação. Então eu posso sentir o que bem entender, mas não agir de acordo? Depende do que você sente. Mas você disse que todos os sentimentos são válidos. Mas nem todas as ações são válidas. Você me atrai menos quando me confunde. Esse também é um sentimento válido. Você é um tédio.

Nove

Depois daquela confissão em uma cozinha de Cuzco, depois de contar a Lucho o que eu mal conseguia contar a mim mesma, passei a fugir dele. Ele não me evitava, mas também não me procurava, e assim convivemos em uma ignorância mútua como se fôssemos velhos em um casamento infeliz de quarenta anos que tentam não habitar o mesmo cômodo e evitam se tocar quando se cruzam no corredor.

Comecei a passar mais tempo com Carmen, a garota estranha. Desfrutava da companhia de qualquer pessoa em igual medida. Não havia ninguém que colocasse uma cara feia na menina: ela via qualidades em todos. Eu não podia determinar se isso a transformava em um bobo alegre ou na pessoa mais iluminada que eu já conhecera.

Foi com esse espírito aberto e total confiança que ela me convidou para ir junto em uma visita à sua avó na Amazônia peruana. Ela vivia perto de Puerto Maldonado, mas em um vilarejo mais inacessível nos arredores de Mazuko.

— Quero voltar lá antes que inundem tudo — disse Carmen.

— Não entendo.

— Vão fazer uma hidrelétrica naquela zona. Ah! Acho até que é uma empresa do Brasil — ela exclamou como se me fizesse um elogio.

A ideia de conhecer a avó de Carmen me interessava, assim como a ideia de pisar em um lugar condenado, um terreno onde em breve ninguém mais pisaria. Aceitei o convite e Carmen marcou nossa partida para a sexta-feira, o que me deu dois dias para pesquisar Mazuko. Era, de fato, um consórcio brasileiro que pretendia construir quatro hidrelétricas ao longo do Rio Madre de Dios e seus afluentes para mandar oitenta por cento da energia produzida ao Brasil e vender os outros vinte por cento ao Peru, o que de alguma forma pareceu um bom negócio aos nossos vizinhos.

Tomamos o ônibus às onze da noite. Seriam oito horas de viagem até Mazuko e depois teríamos que pegar um táxi coletivo até Masenawa. Carmen tinha uma garrafa de dois litros de Inka Cola, um saco de milho tostado, um turrão e cinco bergamotas, como se fôssemos passar três dias no deserto. Eu ia apenas com minha garrafinha de água, até porque se eu tinha aprendido algo em um mês de Peru é que sempre aparece gente vendendo comida dentro dos ônibus. E foi assim que na rodoviária de San Jeronimo entrou um menino equilibrando pratinhos plásticos com asas de galinha e batata doce, e na altura de Oropesa veio uma senhora com pães, empanadas e sanduíches, e quando andávamos por Urcos apareceram um senhor empunhando um espeto com um lombo de porco e sua pequena assistente de não mais de doze anos que cortava lascas de carne dentro de sacos plásticos recheados de batatas fritas.

Eu tinha entrado no ônibus com um excelente humor, mas começavam a me enervar as constantes referências de

Carmen a Lucho. É uma pena que Lucho não pôde vir e Lucho disse que a selva peruana é um dos lugares mais bonitos onde já esteve e ele esteve em muitos lugares e acho que Lucho deveria cortar aqueles cabelos que não combinam com ele e Lucho disse que eu pinto muito bem e mais uma frase sobre Lucho me enlouqueceria.

— Você gosta dele? — perguntei.
— Ele é bonito.
— Sim, mas você gosta dele?
— Não quero nada com argentinos.

Então as rédeas curtas dos pais de Carmen tiveram seu efeito e eles criaram uma boa filha que se casaria com um bom homem e eles criariam muitos filhos que, por sua vez, lhes dariam netos igualmente bem criados e afeitos à tradição da família. Concordei com ela:

— É um pouco perigoso se envolver com estrangeiros, não?
— Com argentinos. Eu espero me casar com um suíço ou um alemão, alguém que possa me tirar daqui. Dizem que a Suíça é o paraíso, tu já estiveste lá?
— Nunca fui à Europa.

Ela me olhou tão surpresa quanto eu estava.

— Bom, eu também não, mas será melhor que aqui.

Não disse nada. Era óbvio que ela não vivia em nenhum paraíso, e eu não podia julgá-la por querer sair de uma casa sem piso e com cheiro de banheiro e por querer um passaporte europeu quando os documentos de seu país eram mal recebidos no mundo inteiro. Em parte, ficava feliz que ela quisesse algo mais da vida, além do que se esperava dela. Mas também não podia concordar com a estratégia escolhida. Receosa pelo meu silêncio, Carmen me encarou:

— Escute, não quero que tu penses que eu sou como essas bricheras, não é nada disso.

— Essas o quê?

Bricheras, um termo que eu não teria encontrado no meu dicionário de espanhol nem que o virasse do avesso. Vinha de bridge e se referia às mulheres que buscavam um americano ou europeu para servir de marido e de ponte a outro país. Bricheros eram os homens que, segundo Carmen, eram tão ou até mais numerosos que as mulheres. Dadas as explicações, ela continuou:

— Eu não sou assim. Só vou me casar com um europeu se me apaixonar de verdade. É só que prefiro me apaixonar por um europeu do que por um latino. Os homens latinos são bêbados e mulherengos.

Do machismo peruano era difícil escapar. Eu suspeitava dele pela presença unicamente masculina nos bares locais, e quando, cedo pelas manhãs, os homens que ocupavam as mesas eram carregados para casa nos ombros de mulheres. Eu o sentia nas conversas com os funcionários dos hostels que discutiam abertamente seus casos extraconjugais e contavam vantagem para saber quem somava mais conquistas. Por ser estrangeira, as regras do comportamento adequado não se aplicavam a mim. Eles comentavam como as namoradas nunca saíam a festas nem bebiam álcool, porque não está bem que uma mulher ande por aí sozinha, e enchiam novamente meu copo com uma dose de rum. Eu nunca soube se a distinção no tratamento era sinal de que eles me respeitavam mais ou menos do que as suas mulheres em casa.

Em um país no qual mais da metade dos homens admite alguma vez ter agredido sua companheira, eu olhava para os lados e me perguntava como podiam ser aqueles os jovens que em dez anos estariam batendo nas namoradas que então beijavam debaixo dos arcos da Plaza San Francisco. Eu podia adivinhar o machismo, o conservadorismo e a violência no quinhão da realidade peruana que eu podia tocar, mas era evidente que eu não passava da superfície.

Passado tão pouco tempo, eu já acreditava que Carmen e eu sequer residíamos no mesmo continente. Dos meus quatrocentos amigos divididos entre diferentes redes sociais, apostaria que a maioria conhecia Simone de Beauvoir e tinha ideias de igualdade de gênero. Claro que eu não precisava ter ido até o Peru para ter um choque social, bastava ter saído da minha bolha e ido a um baile funk ou passado uma semana em uma ONG de periferia, mas era mais fácil ir a outro país que às vilas de Porto Alegre.

Chegamos a Mazuko, pegamos as mochilas e acertamos o preço das duas passagens a Masenawa com um taxista. Só precisávamos esperar que houvesse gente o suficiente indo na mesma direção para encher o carro. Filas de carros e caminhões ocupavam o acostamento ao longo de toda a vila, que se espalhava por poucos mais de quinhentos metros de estrada. Ao nosso lado, um enorme acampamento que se assemelhava a um refúgio de retirantes, do qual eu só conseguia distinguir as diferentes cores das lonas que serviam de teto e paredes, se estendia a perder de vista.

— O que é isso? — perguntei a Carmen.

Onde moram os mineiros.

— Há mineração por aqui?

— Mais ou menos.

Havia garimpos informais. Os rios da região estavam cheios deles. Eram garimpeiros independentes ou que trabalhavam para pequenos proprietários, sempre com equipamentos precários, ao lado de crianças em regime de semiescravidão e expostos a altos níveis de contaminação. Carmen contou sem espanto:

— Minha avó uma vez participou de um estudo que media o mercúrio na urina dos moradores. Mas eles nunca trouxeram os resultados.

Os rios estavam manchados de vermelho pelo mercúrio, o que era boa materialização da metáfora de tingir-se de sangue, porque Carmen me garantia que por ali morriam tantos mineiros quanto chegavam novos pela recém-construída estrada interoceânica. A via ligava o Brasil à costa do Pacífico para escoar nossas mercadorias à Ásia e, como efeito colateral, transformara comunidades isoladas no meio da selva em vilas de beira de estrada.

— Meus pais não gostam que eu venha aqui — diz Carmen. — Eles têm medo que alguém me sequestre e me obrigue a ser prostituta para os garimpos. Eu tento explicar que isso só acontece com crianças, mas eles continuam nervosos até eu ir embora.

Talvez fosse apenas pelo jeito de falar de Carmen, mas aquela selva era regida por forças invisíveis. *Alguma* empresa construiria uma hidrelétrica, *eles* nunca trouxeram os resultados, *alguém* a sequestraria. Parecia uma zona perdida para onde eventuais exploradores espicham seus pescoços atrás de material de pesquisa ou fonte de renda.

Em cerca de meia hora tínhamos passageiros suficientes para encher o carro e retomar a viagem. Seguimos por estradas precárias entrando cada vez mais na mata fechada. Era bom o calor úmido da selva. Meu corpo recebia aquele ar de sauna como uma velha sensação conhecida dos verões porto-alegrenses.

Em Masenawa, a avó de Carmen nos esperava no paradero dos táxis, jamais saberei como, porque não tínhamos hora certa de chegada. Era uma senhorinha que aparentava ter a idade da Terra, em roupas tradicionais das indígenas aymara, o cabelo separado em duas longas tranças, que se uniam ao final com um lacinho rosa, além do inconfundível chapéu pequenino, que mais se equilibra sobre a cabeça do que a abriga. Ela abraçou Carmen e correu as mãos pelo seu rosto, como se estivesse averiguando que aquela era a mesma neta que a visitara um ano antes. Depois olhou para mim, me abraçou e correu os dedos também pelo meu rosto, talvez guardando registro para o futuro. Levando Carmen pela mão esquerda e eu pela direita, a senhora Maria Rosa nos guiou até sua casa.

Eu olhava em volta e não conseguia imaginar como aquele tanto de floresta estaria abaixo d'água em questão de meses. Não que fosse um grande povoado, e os jornais publicavam que, entre todas as comunidades, seriam deslocadas quatro mil pessoas. Não parecia muito para quem vinha de uma cidade onde apenas meu colégio tinha três mil alunos, mas ainda assim era um bocado de gente para ser largada, do nada, em um novo povoado, e esperar que recomeçassem a vida.

Enquanto caminhávamos, Maria Rosa contava as últimas notícias — quem morreu, quem casou, quem nasceu — e fazia perguntas a Carmen sobre os estudos, se ela estava se alimentando bem, se era boa com a tia, se estava bem de saúde.

— Você está mais branca, minha filha — ela disse em tom preocupado.

— Obrigada, abuelita.

Me doeu que para Carmen estar mais branca fosse um elogio. Ainda que talvez não houvesse tanta diferença com o meu mundo, onde estar mais bronzeada era um elogio. Como se a ditadura da beleza se moldasse a cada lugar para garantir que ninguém jamais estará conforme.

Quando chegamos à casa de Rosa, ela empurrou a porta entreaberta, e entramos no que a princípio pensei que era a sala e logo me dei conta de que era tudo. No lado oposto à entrada recostava-se uma cama de madeira muito velha, no meio do cômodo estava uma mesa igualmente velha, igualmente de madeira em podridão; à esquerda, abaixo da única janela, um pequeno fogão de duas bocas e meia dúzia de peças de louça. Não vi porta para o banheiro, supus que devia ser externo, compartilhado com os vizinhos. Carmen e sua avó sentaram-se na cama — a avó tinha uma xícara ao lado do pé direito, uma chaleira em cima da mesa. Sentei na única cadeira, de frente para elas, nossos pés separados pela distância de uma xícara, nossos olhares separados por quinhentos anos de história. Larguei a mochila no chão, com vergonha por levar ali dentro uma câmera fotográfica que devia valer mais do que todas as suas posses juntas.

— A senhora já sabe para onde vai quando desocuparem a cidade? — perguntei.

— Não vou a lugar nenhum.

Olhei para Carmen. Ela suspirou exasperada.

— Ay, abuelita — e continuou olhando para mim. — Ela diz que vai ficar, mas meus pais vêm buscá-la antes das obras.

Carmen se levantou e anunciou que ia sair para comprar pão e batatas. Achei conveniente mudar de assunto.

— Sua casa é muito bonita.

— É tudo que eu tenho.

O cômodo tinha uma decoração semelhante à que se encontra às vezes nas modestas casas das cidades pequenas do Rio Grande do Sul. Era estranhamente parecida à decoração da cozinha da minha avó na fronteira com o Uruguai. Exceto que minha avó nos recebia com pinhão tostando no fogão à lenha, enquanto Rosa nos recebia com troços de palo santo queimando em um vaso de cerâmica. Vi um ramo de flores de plástico, uma estatueta de alguma das nossas senhoras (negra, com roupas de pano em estilo indígena), alguns bibelôs desconectados — talvez lembrancinhas de parentes pouco inspirados que presenteiam com miniaturas de anjos, caixinhas coloridas, bonecas de pano e cinzeiros para não fumantes —, um calendário-brinde com crianças e cachorros, um velho pôster das celebrações de Inti Raymi, de dois anos atrás, e uma pintura do símbolo da Pachamama assinada pela caligrafia colegial de Carmen.

Algo em comum tinha que haver entre esses peruanos de vida simples e meus parentes do interior. Havia a fé na virgem Maria, o gosto por flores artificiais, a coleção de pequenos objetos que não continham maior significado e não possuíam nenhuma coesão. Mas de onde vêm esses hábitos, o que representam e a que servem? Somos igualmente crentes e fiéis à mãe de deus ou seríamos todos fiéis à imagem da mãe, qualquer mãe, que tão seguido é a única salvação que temos? E então as flores. O plástico. Como se fôssemos avessos a tudo que morre, que pode murchar, ficar feio e desfazer-se. As flores de plástico sobreviveriam mais anos do que a casa inteira da dona Maria Rosa. Inundadas, boiariam por séculos na represa, imperecíveis.

— A senhora nasceu aqui?

— Ah, não! Eu andei muito antes de vir para cá.

— De onde veio?

— Do norte. Nasci em Tumbes. Fronteira.

— E como veio parar em Masenawa?

— É uma história longa.

— Temos tempo.

— Me criaram meu pai e meu avô. Minha mãe não conheci. Morreu no parto. A vida só foi boa enquanto meu avô era vivo. Ele foi o homem mais respeitado de Tumbes. Era altíssimo, para mais de dois metros.

Me custava imaginar um peruano com mais de dois metros. Parecia um país de pessoas de baixa estatura, eu não lembrava de ter visto alguém com mais de metro e oitenta. Mas talvez Rosa o visse com dois metros quando era criança. Ou talvez o avô de Rosa fosse o homem mais alto do Peru, quem pode saber?

— Ele andava sempre de chapéu. Passava dias pelo campo. Regressava a Tumbes cheio de histórias e muita autoridade. Era homem viajado. Sentava no banco da praça e reunia uma multidão de crianças ao redor. Elas queriam escutar como meu avô tinha matado uma cobra, salvado uma mulher do ataque de ladrões armados, se metido em briga de faca em um povoado distante. Nenhuma venda, nenhum restaurante ou armazém jamais lhe cobrou uma conta. Ele era dono da maioria das casas da cidade. Andava sempre em uma carroça grandíssima, levando consigo a todo lado o seu caixão, para estar prevenido no dia em que a morte viesse. Quando e onde viesse. Não queria correr o risco de ser enterrado sem cerimônia, mas também não queria dar trabalho aos vivos. Um dia ele morreu ali mesmo na praça. Foi infarto. Cercado de crianças. Meu pai não quis mais ficar na cidade. Fomos embora e veio meu sofrimento.

Depois de um curto silêncio, ela suspirou como se expulsasse a alma pelo nariz e disse em tom de confissão:

— Eles acham que vão me levar daqui, mas eu não vou a lugar algum.

Mesmo Rosa aparentando ser feita de papel amassado e seu corpo não ter mais que ossos e pele, eu suspeitava que se ela não quisesse ir, não havia reza que a tirasse daquele lugar. Tentei convencê-la das vantagens de ir embora. Depois de muita discussão, eu estava com meus joelhos grudados aos seus e segurando suas mãos nas minhas — com uma delicadeza cuidadosa pelo medo de esfarelar seus dedos — e lhe pedi que, por favor, não se entregasse. Como se fosse um favor a mim, como se eu precisasse que aquela senhora continuasse vivendo, ainda que fosse apenas para sofrer uns anos mais e secar um pouco mais sob o sol das grandes altitudes, mas ela não podia ficar e esperar a morte. Seria injusto morrer sob os alicerces de uma obra, seria injusto com ela mesma, com as pessoas que a cumprimentavam pela janela aberta, com a cidade que deveria viver um pouco mais nos corações de quem a habitou, com o povo indígena milenar do qual ela era uma das pontas remanescentes, e seria injusto comigo, que agora queria salvá-la.

Ela tinha sessenta e quatro anos que aparentavam dois séculos, vividos entre uma série de povoados tão similares entre si que ela não podia lembrar nem quantos haviam sido. A infância em Tumbes abrigava suas únicas lembranças de feliz despreocupação. Quando o pai decidiu ir embora, Rosa o acompanhou em todas as mudanças, e o pai se mudava sempre que perdia um emprego, ou acumulava dívidas nos bares, ou protagonizava algum escândalo conjugal, todas as opções recorrentes. Dos doze aos dezessete, Rosa cuidava da casa enquanto o pai trabalhava no que conseguisse. Ele foi obreiro, barqueiro, contrabandista, vendedor ambulante. Aos dezessete, cansada de tanta andança, Rosa decidiu, pela primeira vez na vida, ficar. O pai foi embora, sem muito alarde, e ela passou a trabalhar de lavadeira em Quince Mil, uma vila pela qual não tinha nenhuma afeição especial, mas onde por acaso se dera conta de que não queria mais caminhar.

Aos dezenove, conheceu um forasteiro e se apaixonou. Depois de marcado o casamento, ela cedeu às tentações e passou uma noite, ou umas horas, com o amado. Três dias depois ele foi embora do vilarejo e nunca mais se soube dele.

A comunidade toda veio em consolo de Rosa, pelo menos o imprestável tinha desaparecido antes de casar e deixar estrago permanente, e logo ela encontraria novo marido. Mas ela estava grávida e o apoio comunitário minguou na mesma velocidade com que cresceu a barriga. Ela deu à luz um menino, empacotou suas coisas e voltou à vida errante com a criança a tiracolo.

Em Laberinto, mentiu que era viúva e casou com um caminhoneiro. Teve mais dois filhos e acha que foi feliz por uns anos, até que o caminhoneiro fez uma entrega em Quince Mil e, de papo no bar da vila, ouviu as histórias do folclore local e soube de uma moça Maria Rosa que fugira por vergonha, levando o filho bastardo nos braços. Foi uma surra e tanto quando o marido voltou para casa, e ela terminou despejada na rua com três crianças, uma dúzia de hematomas e um dente a menos. A triste caravana chegou até Tres Islas, onde Rosa passou a cuidar de uma velha doente em troca de casa e comida para a família. Ali, viveu dois anos de calmaria e dignidade, e conheceu Feliciano, de quem não escondeu nada, e ele, mesmo assim, quis ser seu marido. Foi um ato de bravura assumir uma mulher com três filhos, não apenas pela obrigação de sustentar tamanho bando, mas também pelos inevitáveis comentários que causaria a família heterodoxa aonde fossem. E para Masenawa vieram, para que Feliciano trabalhasse nos garimpos. E aqui nasceram os quatro filhos do casal. Da sua ninhada de sete, Rosa veria três morrerem em Masenawa, além do marido: pneumonia, câncer de estômago, cirrose e AVC, nessa ordem.

Sua vida havia sido uma sucessão de tentativas pouco exitosas de fincar raízes. Era impossível salvá-la da tragédia passada. E se me agoniava pensar que ela queria apenas sentar e esperar a morte por hidrelétrica, pior ainda saber que esperar a morte era o que ela tinha feito mais ou menos desde os vinte anos, quando as esperanças da juventude sufocaram debaixo das circunstâncias.

Continuávamos sentadas frente a frente. Rosa inverteu a posição de nossas mãos e segurando as minhas entre as suas disse:

— Nessa casa morreram os meus filhos. Eu não quero morrer em outro lugar.

Levantei e fugi para a janela. Fiquei de costas para que ela não me visse chorar. Me dava vergonha chorar na frente de uma mulher pela vida que era ela quem tinha vivido. Achei que eu não merecia estar ali, não merecia sentir e chorar a dor dela, nem sentar na sua casa com fingida naturalidade como se eu pertencesse àquele lugar, nem olhar em seus olhos e pedir que escolhesse a vida.

Tínhamos as duas nascido em territórios explorados, e por mais que nossos países tivessem tomado rumos muito diferentes, tecnicamente tínhamos as mesmas raízes. Vínhamos de povos misturados com colonizadores, de culturas nativas destruídas e riquezas expatriadas. Éramos as duas latinas, mas eu era tão desbotada e tão urbana, e ela era tão dourada e tão terrena. Ela era produto e dona daquelas terras, não aquelas terras do vilarejo de Masenawa cuja proprietária era agora uma multinacional, Rosa era dona da terra ancestral que sustentou e alimentou os primeiros índios, os tiwanaku, os incas, os aymaras, povos que possuem aquilo que costumamos reconhecer como identidade. A terra lhe pertence na mesma medida que ela pertence à terra. Rosa vinha de uma linhagem histórica, eu vinha do país do carnaval de paetês e de raças, e a mim haviam sido entregues traços espanhóis, um nariz italiano e um idioma português, e nenhuma dessas coisas se comunicava com a história pré-colombiana sul-americana. Estando ali, a América Latina parecia existir desde sempre, e o Brasil parecia haver caído do céu poucos minutos antes da chegada de Pedro Álvares Cabral. Maria Rosa era tão antiga e eu tão jovem e isso deveria nos conceder em igual medida o direito de termos nosso espaço no mundo.

Na minha mochila, ao lado da Nikon importada, estava o livro do Galeano no qual poucos dias antes eu lia "sagrada é a terra e sagrado é tudo que na terra anda ou da terra brota". E nós, criaturas que sobre a terra andamos e sobre a terra construímos hidrelétricas, nos deixamos embriagar pela ilusão do progresso — a ilusão de que algum dia seremos como os brancos do lado de lá do oceano — e nos esquecemos de reconhecer o sagrado do lado de cá.

— Minha filha — a voz de Rosa fez com que eu me virasse para ela —, por mais que eu queira, não vou morrer debaixo dessa coisa. Eles não podem nos inundar enquanto houver gente morando aqui.

— A senhora acha mesmo que eles vão cancelar um projeto de quatro bilhões de dólares porque a senhora não quer sair de casa?

Era uma ingenuidade admirável. Ou uma convicção infalível. Certo é que entre enfrentar a batalha pelo seu lugar e enfrentar a vida que lhe restava, ela se decidira pela batalha, perdida que está a segunda de antemão.

Rosa se deu conta das horas e se preocupou com Carmen. Eu disse que iria procurá-la. Encontrei minha amiga na frente da padaria conversando com um rapaz da idade dela. Ela sorria muito e tocava no braço dele quando falava. Um instinto materno que eu não sabia ter quis arrastar Carmen pelos cabelos de volta para casa, porque a vi repetindo a vida de Rosa e desejei que ela encontrasse um suíço ou um alemão de boa índole. Me consolava que ela agora vivia em

Cuzco, uma cidadezinha atipicamente cosmopolita, e ela talvez tivesse caminhos melhores e exemplos inspiradores. No lado menor das estatísticas, era bem verdade que o Peru também estava cheio de mulheres donas de negócios, cargos altos em empresas, ativistas e intelectuais, eu as via nos jornais e as reconhecia nas jovens cuzquenhas que caminhavam rápido em roupas sociais e as previa nas estudantes carregadas de livros e cadernos na frente da universidade. Carmen poderia ser uma delas. Gritei na sua direção:

— Sua avó está preocupada.

Carmen veio correndo com a sacola de pães.

— Quem era aquele? — perguntei.

— Um amigo. Trabalha na padaria.

— Pareceu um amigo próximo.

Voltamos para casa e tivemos o primeiro do que seriam três dias de calor, lentidão e afazeres domésticos. Ajudamos Rosa a trocar os mosquiteiros das janelas, eu e Carmen consertamos as goteiras do telhado, cozinhamos e tomamos chá durante a tarde. Carmen, sendo a menina de dezenove anos que inapelavelmente era, não estava muito interessada nas conversas com a velha, mas eu adorava escutá-la, e passávamos horas sentadas na cama falando de nossas vidas. A dela me parecia ter acontecido no passado imemorável de uma terra distante, e a minha até parecia ser abundante em experiências quando contada para alguém que não sabia nada de grandes cidades, nem de viagens em avião, nem de agência de publicidade ou hipermercados.

Os dias na selva, pese o lugar ser tão diferente de tudo que eu tinha visto, me davam saudade de Porto Alegre. Talvez fosse o calor. Talvez a floresta, que não havia na minha cidade, mas era parte da imagem do Brasil. Talvez fosse a presença de uma avó cuidadosa, que me remetia a família e origens. Ou talvez fosse por narrar minha vida a outra pessoa. Sei que passei aqueles dias na alternância do sentimento de estou aqui com o sentimento de não estou lá, que são geograficamente a mesma coisa, mas estados de espírito opostos.

A história de Rosa era de perdas. A minha, de tropeços. Eu tinha amado e me atrapalhado e errado caminhos e, ainda assim, eu tinha chegado ali, a Masenawa, à casa de Rosa, e eu não tinha a menor dúvida de que era ali que eu devia estar naquele momento. Eu tinha desejado muitas coisas ao longo da vida, e as tinha tido às vezes, a maioria não. Como acontece a todo mundo. Mas agora eu estava ali e não desejava nada. Era como ter tudo.

Diário de Sonhos # 18,
INVERNO

É véspera de ano-novo e estamos todos vestidos de branco. Nós, as crianças da família, temos camisetas iguais que dizem Adeus Ano Velho em letras douradas. Tenho dez ou onze anos, e me dão uma taça de champanhe perto da meia-noite. É o segundo ano que me dão champanhe. Os tios embriagados derrubam a bebida pelo chão. É para o santo!, se defendem. Puxo minha mãe pela barra da blusa: que santo é esse que mora debaixo da terra?

Dez

Enquanto eu escutava Lucho, tentava pensar em imagens de tranquilidade, mas minha mente fugia do controle e como em um delírio eu via Maria Rosa nadando no interior de águas profundas, na cidade submersa de Masenawa. Eu também estava embaixo d'água, ainda que pudesse respirar, e a via flutuando ao longe e suponho que ela também pudesse respirar porque sorria, ela sorria e se afastava, ainda vestida em suas roupas típicas, o chapéu que não saía do lugar mesmo com o movimento das águas, estávamos em Masenawa enquanto a represa enchia, e o sorriso de Rosa se afastava e, em meio à alucinação, eu escutava a voz fixa de Lucho:

"Uma vez conheci um vendedor de chifles e ele buscava um amor. Chamava-se Juan Pablo e vivia em Montero, no interior da Bolívia. Nascido pobre, ele precisava dedicar muito mais tempo ao trabalho do que à busca pela felicidade. Então Juan vendia chifles o dia inteiro, mas sonhava com encontrar um amor como o do livro que a mãe tinha em casa. Era um livro americano com uma história de mocinho conquista mocinha, etecétera. Juan nunca tinha visto isso acontecer na vida, isso de menino conhecer menina e eles se apaixonarem. Não conhecia o apaixonamento, o Juan, mas era coisa que lhe parecia um luxo".

Tentava me ater à história do vendedor de chifles — o que são chifles, onde fica Montero, de onde Lucho conhece esse cara? — mas os tremores me causavam um terror ensurdecedor e, a cada tantas frases perdidas, Lucho me apertava um pouco mais para exigir minha atenção. Tive a impressão de que uma rachadura se abria sob meus pés.

"Juan era conhecido por todos. O único vendedor de chifles do centro. Quando um caminhoneiro chileno que passava por lá uma vez por mês lhe perguntou se não queria ir ao litoral do país vizinho vender chifles por pesos ao invés de bolivianos, Juan ficou em dúvida. Teria que deixar a mãe doente aos cuidados da irmã, ainda tão jovem e inexperiente em sofrer. Mas a esperança de dinheiro foi decisiva. Embarcou no dia seguinte e prometeu que voltaria com presentes para a irmã.

O vendedor de chifles não conhecia o oceano. Nascido nos Andes, crescera com a ideia de que o mundo se fazia de montanhas. Quando se aproximavam da costa, e ele já estranhava o ar salgado que lhe coçava as narinas, envergonhou-se. Percebeu que conheceria algo novo na frente do caminhoneiro, com quem não tinha problemas, mas tampouco confiança. Decidiu fingir naturalidade, temia que o mar lhe causasse algum estremecimento, e o caminhoneiro o julgasse pouco homem.

Quando o caminhão fez a última curva da estrada, e o horizonte azul de Tocopilla se mostrou enorme e longo, Juan fingiu o mesmo desinteresse que o chileno. Fingiu não se impressionar com aquilo que o assustou até os ossos e abafou um grito de vertigem, porque o mar o repeliu e o apaixonou com a mesma força. O pobre vendedor de chifles trancou a respiração em soluços meio aparvalhados para desviar os olhos antes que lhe corressem lágrimas e enterrou fundo seu encantamento sob a decepção de não poder exibi-lo como o troféu que o sentia ser.

No mesmo dia, no posto de gasolina onde estacionaram para passar a noite, Juan conheceu Emilia. Ele, que supôs que nunca mais viveria nada parecido ao conhecimento do mar, se viu um náufrago nos olhos da menina. Ela tinha as mãos pequenas, realmente miúdas. Mas o que despertou em Juan o instinto de proteção, a sensação de que tinha o dever de ampará-la, foram seus dedos finos agarrados à borda do balcão do caixa, suas afiadas unhas tratando de esfarelar a linha sem revestimento do compensado. Dedos que pediam socorro.

A moça, que se apresentara tímida no primeiro contato, logo se mostrou uma desgovernada força da natureza. Naquela mesma noite, agarrou-o quando ele saía do banheiro depois de escovar os dentes, e fizeram amor no almoxarifado do posto, as luzes todas apagadas para que ninguém os visse. A partir daí, queria vê-lo todos os dias. Tinha ímpeto, gozo e perigo. Como o mar, que, incapaz de controlar sua própria grandeza, navega barcos na costa da Venezuela ao mesmo tempo em que naufraga navios na África.

Juan ficou mais tempo do que deveria em Tocopilla. Depois que o caminhoneiro chileno há muito se fora, ele seguia habitando o terreno baldio, com nada além do saco de dormir. Vendia chifles e se encontrava às escondidas com Emilia. Queria ampará-la e abrir espaços para que a vertente da menina passasse. Esperava desocupar o planeta para que ela ondulasse com calma.

Mal saída da adolescência, Emilia costumava riscar os braços com um estilete para aprender a dominar a dor. Sonhava com cidades distantes, paisagens alheias, vidas outras. Não suportava a família, o controle e a precariedade dos pais, e planejava o dia em que roubaria do posto para ir embora. Juan nunca levou nada disso a sério até o dia em que ela pulou em cima dele no meio da noite segurando maços de dinheiro. Pediu que fugissem. Para a cidade dele. Para as montanhas.

Ele não soube reagir. Nem pensava em voltar para casa, muito menos em levar alguém com ele. Agarrou as mãos suadas de Emilia e disse que não se podia roubar da própria família. Emilia deixou as notas caírem. Seu olhar traído fez correr um calafrio pela espinha de Juan. Ele juntou o dinheiro e caminhou até o posto para devolvê-lo. Os olhos dela queimavam nas suas costas.

Depois que Emilia se matou, caiu sobre Juan um estranho manto de irrealidade. Os tios dela arranjavam o funeral e faziam questão de não lhe dizer nada. Os pais não saíam de casa. A única reação da mãe fora queimar o saco de dormir de Juan e exigir que ele partisse. Mas ele esperava. Juan ficou suspenso em um tempo que não era físico. Emilia ainda não era passado, seu corpo estava sendo embalsamado, mas ele sentia em algum ponto entre a garganta e o estômago que ela não era mais presente.

Assistiu ao enterro de longe. Chegou perto do fim, já que a família lhe negara carona e ele teve que ir a pé. Não pôde se despedir. Sequer soube se o caixão estivera aberto em algum momento. Não sabia se enforcamento deixava marcas. Sentou no chão e viu quando desceram Emilia à cova. Perguntou-se que espécie de ritual é jogar pessoas em caixas e guardá-las em um buraco como se fossem uma peça de mobília que um dia se pode querer voltar a usar. Emilia estava a caminho de seu quinhão de terra, o primeiro e último que lhe caberia.

Levou uma semana para que Juan, ainda dormindo no mesmo gramado apenas com as roupas do corpo, se desse conta do quanto estava fora de lugar e o quanto Emilia estava morta e fora de lugar. Pegou carona com o primeiro caminhoneiro que apareceu e acabou no norte da Argentina. Chegou a se reconhecer nas paisagens, semelhantes às da sua terra natal. Passou três meses trabalhando na pequena fazenda de um agricultor de abacates de Tucumán. Foi a única pessoa com quem conversou todo esse tempo e era um homem de poucas palavras. Juan se dedicou a esmiuçar e esmiuçar a dor até que os pedaços se desprendessem de sua alma. Os pedaços de dor caíam a seus pés e se organizavam em correntes que se amarravam a seus tornozelos, e Juan soube que arrastaria aquele peso para o resto da vida.

O espaço vazio que ficou no peito foi sendo tomado por raiva e ódio. Ele quis que um dia tudo se tornasse memória, mas nunca se tornou. Tem coisas que a gente aprende, coisas que a gente aceita ter de ruim em nós mesmos, e ele aceitou o ódio e o amargor constantes. Aceitou, ou desistiu. A desistência é apenas outro nome para a aceitação.

Quando voltou à Bolívia, Juan descobriu que a mãe morrera. Jamais soube ao certo como aconteceu. A irmã lhe falou entre rancor e alívio, sem dar atenção a detalhes e porquês. Ficaram os dois sozinhos na casa, cada um cultivando seus males. Apenas uma vez a irmã perguntou sobre a viagem. Ele contou tudo, todos os pormenores para justificar a demora. Depois quis saber como ela tinha passado todo aquele tempo. Muito bem, ela respondeu. Juan soube que a irmã não era mais criança. Apenas quem já perdeu a inocência consegue mentir a respeito do que machuca. Ela tinha só quinze anos".

Lucho me apertou até que eu mal pudesse respirar. Minha cabeça se transportou de Tocopilla de volta à mina.

— E Juan?
— O que tem ele?

— Quantos anos tinha?
— Nessa época, dezenove.
— Onde ele está agora?

Um solavanco mais forte do terremoto nos sacudiu e quase caí para fora do seu abraço. Mas assim que Lucho me tinha de novo sob sua tutela, a terra se acalmou. Como um bicho ferido que aceita a morte e se deita para fechar os olhos, a terra se aquietou e silenciou. Uma chuva negra de farelos de pedra ainda caía sobre nós, mas era leve como plumas, quase macia.

Diário de Sonhos # 212,
PRIMAVERA

Ninguém me explicou as regras daquele mundo, mas eu sabia que estava em um lugar onde as pessoas não tinham a habilidade de disfarçar suas emoções. A cidade era igual à minha e as pessoas poderiam ser as pessoas de sempre, mas sem os convencionais filtros. Na frente de casa, cruzei com um homem de terno que, apoiado em um poste de luz, chorava baixinho. Passaram por mim pessoas que riam, pessoas que, de súbito, interrompiam seu trajeto e se encolhiam sob uma marquise em posição fetal, pessoas com braços esticados em bocejos e a maioria tentando esconder as bochechas vermelhas de vergonha.

Onze

Deixamos Masenawa na manhã de segunda-feira após despedidas chorosas. Disse a Rosa que sentiria sua falta, o que era verdade. Chegamos a Cuzco para descobrir que tudo continuava igual. Lucho estava vendendo artesanato, Jorge e Robyn em sua relação estranha, Pilar servindo tragos aos gringos. Lucho tentava ser mais simpático quando se via obrigado a falar comigo, mas evitava interagir o máximo possível. Pouco acontecia, e os dias passaram entre as escadarias do bairro San Blas, as tardes de pipocas no alto do templo San Cristóbal, observando as nuvens que nasciam do outro lado das montanhas, e noites de música e dança. Até que Carmen, uma manhã em que caminhávamos pelo centro procurando novelos de lã que sua tia precisava para tecer blusões, disse que gostaria de conversar.

— Claro, o que foi?

— Não, eu prefiro um lugar tranquilo. Vamos ao Qorikancha? — ela disse, sugerindo o jardim aberto do Templo do Sol na avenida principal, onde nunca havia ninguém porque não havia nada para fazer além de sentar na grama e ver os carros descerem a rua. Fomos para lá e a formalidade que a conversa exigia me deixava um pouco nervosa.

Carmen demorou muito até conseguir dizer:

— Minha menstruação está atrasada. Nunca atrasa.

Qualquer coisa menos isso, pensei, ela não merecia esse problema. Como eu não encontrasse o que dizer, ela continuou:

— Tu lembras meu amigo da padaria, em Masenawa?

Isso explicava os fins de tarde em que Rosa e eu nos dávamos conta de que não víamos Carmen há horas e ela aparecia pouco depois dizendo que tinha ido caminhar nas margens do rio.

— A gente sempre se via quando eu ia a Masenawa, mas dessa vez ele não tinha preservativos, e eu não podia entrar em uma farmácia e comprar porque todos me conhecem e diriam coisas.

Me causou surpresa que Carmen não estivesse se guardando para o casamento ou qualquer coisa assim, mas Carmen não era Rosa, e estávamos em outros tempos, até mesmo no Peru os tempos eram outros.

— Você já fez um teste?

— Não. Eu também não posso comprar essas coisas aqui, todos ficariam sabendo.

— Tudo bem, eu compro por você.

E foi com quatro testes de farmácia, cada um de uma marca, nós duas espremidas dentro do banheiro do meu hostel, que confirmamos que Carmen estava grávida. Vi na sua cara paralisada que ela não sabia o que fazer. Caminhamos de volta ao Qorikancha sem pronunciar uma palavra, sentamos no exato mesmo lugar de antes e vi como as mãos de Carmen se apoiaram no chão e começaram a arrancar pedacinhos de grama. Toquei seu braço de leve. Chamei seu nome. Ela me olhou e seu olhar estava perdido em algum ponto atrás da minha cabeça.

— Não quero casar com ele, meus pais vão me matar, eu vou ter que morar em algum acampamento de deslocados pela hidrelétrica, ele vai ter que achar um segundo emprego, meu pai sempre foi contra eu sair de casa, ele vai me odiar, sabe, já é bem moderno eu estar aqui estudando, a maioria das minhas amigas de infância já casaram e ficaram na cidade, então agora vai ser a minha vez, mas para mim vai ser uma desonra, eu vou ter que largar a faculdade, casar rápido antes que apareça a barriga, meus pais vão estar tão decepcionados...

Eu roía as unhas e escutava e me perguntava por que eu roía as unhas se nunca antes roera unhas. Carmen me olhou hesitante mordendo o lábio inferior e gaguejou:

— A não ser que...
— Você está pensando em tirar?
— Não, eu não poderia.

Carmen se encolheu, como se afundasse em areia movediça diante dos meus olhos.

— O que tu farias? — ela perguntou.

Precisava ser o mais honesta possível. Nunca estivera no lugar dela, mas já pensara sobre o assunto.

— Eu acho que tiraria, não é minha hora de ter um filho.
— Achas que eu deveria...?

Só conseguia imaginar por que Carmen queria minha opinião se ela me conhecia tão pouco.

— Acho que deve fazer o que for melhor para você. Escolher aquilo de que não vai se arrepender depois.

E esse foi o conselho mais patético que já dei desde que nasci porque se soubéssemos o que vai ou não nos causar arrependimento, nossas vidas seriam lindas sucessões de boas decisões, o que jamais foi o caso. Ela não se convenceu:

— Tu não achas que seria errado?
— Não.
— Tu não pensas que é assassinato?
— Não.
— Eu tenho medo de ter um filho.
— Eu também teria.
— Não, não é isso. Eu tenho medo de não amar meu próprio filho, culpá-lo e odiá-lo por ter estragado minha vida.

Eu entendia. Nas minhas proporções, pois o que estava em jogo para Carmen era muito mais do que eu poderia calcular. Se eu engravidasse por acidente, poderia ser mãe solteira e teria que abandonar a boemia e os caprichos, mas Carmen abandonava estudos, uma chance de uma carreira própria, e se enclausuraria em um povoado perdido no meio da Amazônia. Fiz o melhor que pude e tentei dizer coisas que a ajudassem:

— Qualquer coisa que você decidir, não há certo e errado. E qualquer coisa que você decidir, vai ter o meu apoio.

Ela despencou na grama soluçando alto. Levantei sua cabeça e a deitei sobre minha perna à guisa de travesseiro. Acariciei seus cabelos até que ela se acalmasse, sem saber se ela chorava porque se decidia por um aborto ou se chorava porque se despedia de uma vida sonhada. A tarde inteira passou naquele gramado, e quando o sol já tingia de dourado as paredes do Qorikancha, ela se sentou resoluta:

— Não vou tê-lo.
— Tudo bem. Você sabe onde ir, quem buscar?
— Sim. Uma colega de faculdade fez no ano passado.

Eu a abracei, e ela se deixou abraçar.

Por três dias não vi Carmen e me perguntava se tão rápido ela já teria levado a cabo a decisão recém-tomada. Queria ir à casa de sua tia, mas tinha medo de que ela desconfiasse.

Se as pessoas andavam por aí fofocando a respeito de quem compra o quê nas farmácias, não havia de passar despercebido que uma estrangeira batesse à casa de Carmen preocupada com ela. No terceiro dia, Carmen me procurou. Contou que tinha conversado com sua amiga, que fora conhecer a senhora que resolveria tudo e que agendara para o próximo fim de semana. Tomei sua mão:

— Quer que eu vá com você à clínica?

— Ah, não é uma clínica, é na sua casa.

— Mas ela tem todos os instrumentos na casa? — eu perguntei no que mais tarde perceberia ser uma ingenuidade atroz.

— Bom, não precisa de muita coisa. Eu tenho que tomar um chá de ervas muito fortes de manhã, e de noite ela retira tudo com uma espécie de agulha.

Não lembro de nunca na vida ter sentido tanto medo por alguém quanto senti por Carmen ao imaginá-la sangrando na cama de alguma casa suburbana com agulhas de crochê enfiadas entre as pernas.

— Carmen, isso é muito perigoso. Vamos procurar uma clínica, um médico, não uma costureira.

— Ela é uma parteira — disse ofendida.

— Que seja, mas vamos procurar um médico, por favor.

— Eu não conheço mais ninguém.

— Eu procuro por você. Só nao faça isso esse fim de semana. Você ainda tem tempo.

Ela acabou concordando. Eu sabia que precisava encontrar uma solução segura, não podia deixar que ela corresse o risco. Mas encontrar alguém disposto a fazer uma coisa ilegal exige uma série de sutilezas e insinuações que eu não seria capaz de fazer com meu espanhol ainda em desenvolvimento, então fui atrás de Lucho.

Fazia tempo que não conversávamos direito. Desde o episódio da cozinha. Contei a ele a história de Carmen, desde a padaria até o Qorikancha, até a parteira com as agulhas. Incerto, ele perguntou:

— E o que você quer que eu faça? Que bata na porta de obstetras e pergunte, com sutis indiretas, onde se pode fazer um aborto?

— Exatamente — respondi.

— Eles vão achar que eu sou o pai.

— E daí?

Ele cruzou os braços.

— E daí nada.

— Então?

— Ah, merda, Sara, que diabos. Não é algo que eu realmente queira fazer.

— Também não é algo que ela realmente queira fazer.

Ele cedeu.

Lucho tinha o coração mole no fim das contas.

— Eu só não sei o que dizer. Isso é ilegal, sabe? E nós somos estrangeiros, não é boa ideia cometer um crime em outro país.

Era a primeira vez que eu via Lucho com medo e isso me deixava um pouco braba.

— Você cruzou essa merda de continente trezentas vezes e não consegue conversar com meia dúzia de médicos?

E isso deixou ele um pouco brabo.

— Não força, Sara, eu já disse que vou fazer, só digo que é uma merda de um favor. Eu não entendo nada disso, nunca engravidei ninguém.

— Não que você saiba.

— O que você quer dizer com isso?

— Homens nunca podem ter certeza. Agora mesmo um adolescente em Masenawa está fazendo pães e nem desconfia que sua namoradinha está cogitando retalhar o próprio útero com agulhas.

Seu olhar caiu para os meus pés.

— Acredito que eu saberia.

Eu estava ao seu lado quando ele tentou descobrir alguma coisa por telefone e fui com ele nos endereços mais promissores. O fato de sermos estrangeiros causava desconfiança e a maioria dos médicos que vimos nos disse que fôssemos fazer esse tipo de coisa nos nossos próprios países. Até que encontramos a doutora Ruiz, uma loira tingida de quarenta anos que, intrigada com a improvável dupla batendo à sua porta, escutou todo o relato de Lucho. Ela compreendia.

— Essa história é mais peruana que o ceviche — ela disse em uma piada da qual nenhum de nós pôde rir. — Eu posso fazer, mas vai custar trezentos dólares.

Por minha experiência em abortos ser nula, eu não fazia ideia se era um preço razoável, mas era uma fortuna se convertido a soles, e Carmen não possuía fortunas. Agradecemos e fomos embora decepcionados.

— Trezentos dólares — repetiu Lucho — é muito dinheiro.

— Eu sei, Carmen nunca teria tudo isso.

Mas era a única opção que encontráramos e apresentei a ela no dia seguinte, na Plaza de Armas.

— Então — ela disse —, vou marcar com a parteira. Ela cobra cinquenta.

— Você não tem mais que isso?

— Já foi difícil ter cinquenta, e não acho que se possa pechinchar esse tipo de coisa.

— Não, não acho. E ele não pode ajudar?

Ela me olhou com horror:

— Ele não pode nem saber!

Claro. Que ideia.

— Eu pago a diferença — eu disse sem pensar, mas com uma certeza inesperada que me confirmava que era a coisa certa a fazer. — Você paga cinquenta, eu pago o resto.

Era bastante dinheiro para mim também. Deixaria um rombo na minha conta bancária e eu teria que desistir de ir a Machu Picchu, mas colocando na balança as ruínas incas e a vida de Carmen, me constrangeu sequer ter considerado o cálculo. Além do mais, depois de dois meses convivendo com gente que vivia sem dinheiro, gente que viajava cinco países vendendo pulseirinhas de macramê, eu sabia que não passaria fome. Mas Carmen não aceitou. Disse que não queria nem escutar essas tonterías. Eu insisti, pedi que ela aceitasse, como um favor a mim. Ela negou, não aceitaria nem dado nem emprestado, não queria meu dinheiro.

— Por favor — eu repetia.

Nada.

Ela era incapaz até mesmo de considerar a ideia. Voltei ao hostel arrasada, considerando estratagemas estúpidos como deixar um envelope com dinheiro na sua casa, ou dizer que um amigo do Brasil queria comprar uma pintura sua e pagaria muitos dólares, ou contratar Carmen para qualquer tarefa, para arrumar minha mochila, lavar minhas roupas, engraxar minhas havaianas.

Lucho me viu chegar e abandonou pela metade um jogo de cartas para correr até mim.

— Como foi? Você tem uma cara horrível.

— Ela não tem dinheiro. Eu ofereci a diferença, mas ela não quis de jeito nenhum.

— Você tem esse dinheiro?

— Tenho.

— E não faria falta?

— Menos do que faz a ela.

— E agora?
— Agulhas de crochê.

Lucho podia ser uma maldita enciclopédia às vezes, e porque uma ex-namorada trabalhou em uma ONG feminista ou porque era o tema de algum livro que ele leu, ou qualquer outra explicação que não me interessava, ele sabia exatamente quantas mulheres morriam ao ano na Argentina por abortos caseiros, e quantas ficavam inférteis por abortos mal-realizados, e quantas precisavam ir ao hospital depois de um procedimento capenga, e nada daquilo ajudava a levantar o espírito. Mas quando ensaiava um protesto ao discurso de Lucho, soube como fazer Carmen mudar de ideia e aceitar meu dinheiro. No dia seguinte, eu a buscaria em casa, a traria até o hostel e, juntas, pesquisaríamos na internet as estatísticas do Peru, que deveriam ser ainda piores que as da Argentina. Se meu plano desse certo, ela aceitaria ir à clínica. Se meu plano desse errado, tudo que eu conseguiria era deixá-la ainda mais aterrorizada antes de ir à parteira, mas era um risco válido. Injusto para ela, talvez, mas ela tinha me metido nessa história, então me cabia ter voz nela.

Consegui dormir com algum sossego. Se nada mais, eu ao menos tinha um plano e planos sempre são reconfortantes.

Na manhã seguinte, levantei e Carmen estava na recepção esperando por mim.

— Aconteceu alguma coisa? — perguntei.
— Eu contei à minha colega sobre a tua oferta. Ela disse que eu tenho muita sorte de ter te conhecido. Duas meninas morreram na casa da parteira ano passado.
— Então você aceita minha ajuda?
— Como um empréstimo. Eu vou te pagar de volta.
— Que seja, não me importa.

Ela me abraçou.

Liguei para a doutora Ruiz e marquei um horário na segunda-feira. Quando chegou o dia, Lucho e eu acompanhamos Carmen à clínica, ou Lucho acompanhava a mim, não tenho certeza, mas esperaríamos até o fim do procedimento e depois a levaríamos para casa. Era como levar um filhote de cachorro ao veterinário pela primeira vez. Ela estava assustadíssima e se encolhia na cadeira tentando, talvez, desaparecer no forro de veludo azul-marinho manchado. Eu segurava sua mão, que suava frio, e ela tinha os olhos marejados. Quando a médica abriu uma porta e chamou seu nome, ela apertou forte meus dedos e, olhando para o chão, começou a falar muito baixinho. Acho que rezava. Então levantou e caminhou até a médica, cabeça baixa, aquela entoação de palavras inaudíveis.

Lucho e eu nos olhamos. Ele, que estava sentado do outro lado de Carmen, pulou uma cadeira e passou o braço sobre os meus ombros.

— Ela vai ficar bem — ele disse.
— E se depois ela se arrepender?
— Isso passa.
— Você acha que a forcei a fazer isso? Que impus minha maneira ocidental-capitalista-americanizada de resolver as coisas de maneira prática e mecânica?
— Não pense nisso, nena, ela teria feito com as agulhas. O único que você fez foi impedir que ela morresse de hemorragia.
— Não sei. Se ela só tivesse as agulhas, talvez desistisse e tivesse o filho.
— E você acha que isso seria melhor?
— Eu não. Mas sei lá o que ela acha.
— Está bem claro o que ela acha, ela está lá dentro.

Olhei para a porta fechada e temi que Carmen nunca mais saísse por ela. Precisava mudar de assunto.

— Você me chamou de nena.
— Quê?
— Você me chamou de nena.
— Desculpe. Te incomoda?
— Não, só achei estranho.
— Você é engraçada. Nena.
— E você é um tonto.

Ele beijou minha cabeça por cima dos cabelos. Ficamos em silêncio esperando que o tempo passasse, que é uma coisa demorada quando se está ansioso, e não havia copos de água nem cafés suficientes para nos acalmar. As cadeiras de veludo traziam um conforto inapropriado para quem sentava naquela sala de espera. Mais adequadas eram as manchas amareladas nas paredes, o piso de pedra fria, a tinta descascando nos rodapés e o cheiro enjoativo de desinfetante de limão. Perguntei a Lucho:

— Você nunca sente que deveria estar em casa, fazendo algo de bom no seu país?

— Eu sempre acho que deveria estar em outro lugar.

— Sim, já sei, você é um andarilho, mas não é disso que estou falando. Eu falo de tentar melhorar o mundo. Milhares de mulheres morrem em abortos caseiros também no Brasil. Talvez eu devesse estar lá, fazendo algo por elas, em vez de estar aqui fazendo algo por uma só Carmen.

— Com o que você trabalhava antes?

— Publicidade.

Lucho gargalhou alto e encheu de tapinhas as minhas costas.

— O que foi? — perguntei.

— Bom, você já está fazendo algo de bom pelo mundo só por não trabalhar mais.

— Não enche, Lucho.

— Tranquila, nena. Eis o que eu acho: se você faz algo de bom, não importa onde. Ajudar uma peruana é o mesmo que ajudar uma brasileira ou uma chinesa.

— Só penso às vezes que eu poderia estar fazendo algo de útil da vida, algo de útil de mim. Você nunca sente que está se desperdiçando?

Lucho repetiu o beijo na cabeça.

— Isso também passa.

Mais uma espera de silêncio e eu já imaginava como diria à tia de Carmen que ela morrera em uma clínica clandestina. Lucho tinha os cotovelos apoiados sobre os joelhos e tremia a perna esquerda. O nervosismo se transformava em desespero. Passei o braço pelas suas costas. Ele relaxou os músculos:

— Isso é demasiado difícil, como as mulheres aguentam?

— É o jeito — eu respondi, mesmo quando não sabia se ele falava do aborto, da agonia da espera ou da imensa carga de ser capaz de gerar outra vida nas entranhas porque, afinal, eram todas coisas muito difíceis.

Quando Carmen apareceu na porta, estávamos os dois tão em frangalhos que, quando saíssemos à rua, ninguém saberia dizer qual de nós havia passado por um procedimento traumatizante, doloroso e esgotador. Pegamos um táxi e deixamos Carmen na esquina de casa. Esperamos uns minutos para ter certeza de que estava tudo bem lá dentro e descemos a colina em passos vagos e pesarosos. Chegamos à Plaza de Armas quando já anoitecia.

Sentamos em um banco da praça. Lucho me emprestou seu casaco porque eu tremia de frio. Coloquei as mãos nos bolsos que eram dele, me acomodei na roupa grande demais para mim e desabafei:

— É tão injusto que isso aconteça a Carmen. Como podem duas pessoas tão próximas viverem coisas tão opostas ao mesmo tempo? Ela acaba de perder toda a chance de inocência. Eu, durante o último mês, senti como se estivesse realizando um sonho de infância. Já aconteceu com você?

Ele sorriu como alguém que está prestes a se afastar.

—Não lembro de ter muitos sonhos de infância. Eu não sonho nem ao dormir.

—Engraçado você dizer isso.

—Por quê?

—Quando eu era adolescente, ainda mais jovem que Carmen, eu tinha um diário de sonhos. Eu sonhava todas as noites e escrevia os melhores em um caderno. É estranho, mas faz anos que não tenho mais sonhos como aqueles.

—Como eles eram?

—Cheios de vida.

Diário de Sonhos # 72,
VERÃO

    Estou deitada sobre a grama e uma borboleta pousa na ponta do dedão do meu pé esquerdo. Estou caminhando em uma grande avenida e um menino esbarra em mim e sorri. Estou vestindo o casaco do inverno passado e encontro no bolso uma moeda de vinte e cinco centavos. Estou deitada sobre a grama e vejo uma nuvem com forma de camelo. Estou de pé sobre a mesa da cozinha, tenho cinco anos de idade e me espicho na ponta dos pés tentando roubar um biscoito. Estou deitada sobre a grama e sinto gotas de chuva. Estou sentada no meio-fio e um cachorro lambe minha bochecha. Estou esperando alguém e brinco com os botões da camisa. Estou deitada sobre a grama e vejo cair uma flor. Estou no pátio da antiga casa da minha avó e brinco de não pisar nas linhas. Estou deitada sobre a grama, fecho os olhos e alguém pega a minha mão.

Doze

Carmen parecia estar se recuperando bem. Fisicamente, ao menos. Em uma semana, ela voltou às aulas, mas já não vinha mais sentar conosco na Plaza de Armas, não me chamava para ir ao centro comprar as linhas, os botões ou os tecidos que sua tia precisava, e um dia me confessou que não pintara mais depois daquela tarde. Ela sempre se referia à segunda-feira do aborto como aquela tarde.

Nos dias melhores, eu conseguia convencê-la a sair comigo, longe da trupe semicircense de músicos, malabaristas e artesãos que costumavam povoar nossa rotina, e nós duas caminhávamos até a lagoa Qoricocha, onde sentávamos à sombra para comer sanduíches de queijo. Ela não falava muito. Eu tentava elaborar assuntos diversos sobre arte, viagens, ou como iam suas aulas, mas ela me escutava como se fizesse um favor a mim e, na maior parte do tempo, apenas balançava a cabeça para concordar.

Nos dias ruins, ela dizia que estava de saco cheio de caminhar, que aquilo era um tédio e ela não suportava mais, e não chegaríamos nem na metade do caminho, parando no pátio do templo San Cristóbal. Carmen respondia minhas perguntas com grunhidos, grosserias ou apenas silêncio. Só abria a boca para perguntar já podemos voltar agora? O fato de que ela me pedisse para ir embora, quando ela podia muito bem levantar e sair a caminhar sozinha, me fazia pensar que, no fundo, ela apreciava nossos momentos juntas, mesmo os ruins.

Nos dias terríveis, ela chorava ainda nas escadarias que levavam ao templo. Chutava a terra do chão gritando que odiava aquela cidade, odiava aquele país, e dava socos contra paredes revestidas de cactos, manchando as mãos de sangue. Me empurrava quando eu tentava impedir que ela continuasse com a autoflagelação e saía correndo escada abaixo, deixando para trás seus cadernos de aula. Eu recolhia suas coisas e caminhava devagar até a casa da tia. Caminhava devagar porque não podia mais vê-la assim, e queria bater à sua porta quando ela já estivesse trancada no quarto, mentir à tia de Carmen que ela esquecera suas coisas no hostel, entregar os cadernos à senhora desconfiada e voltar à minha existência sem sobressaltos.

Quando eu achei que já não teria mais forças para ser amiga de Carmen, um pequeno milagre tomou forma e, entre os dias ruins e os dias terríveis, havia momentos de quase alegria, quando Carmen me contava alguma técnica nova de pintura ou eu dizia algo engraçado e me surpreendia ao escutar seu riso solto de criança. Ela voltou a frequentar a praça e participar das rodas de conversas. Parecia mais adulta, em seus gestos e suas palavras, e até seu rosto tinha envelhecido. Carmen sobreviveria, ao final.

Aproximava-se a hora de deixar Cuzco. Pilar estava com a passagem comprada até a fronteira com a Argentina, Sandra já se fora à Colômbia e Jorge e Robyn andavam ausentes porque finalmente assumiram um namoro ou algo do tipo, certo é que passavam o tempo todo no quarto alugado dela. Eu andava inquieta e queria voltar à estrada.

Com grande dose de egoísmo, eu comemorei o dia em que Carmen me disse que estava indo para a casa de seus pais em Puerto Maldonado. As férias chegavam e ela passaria o verão todo lá. Como ela era a única pessoa por quem eu sentia algum tipo de responsabilidade, eu agora estava livre para partir. Cuzco era incrível, mas já não fazia sentido para mim. Aquele grupo de pessoas também não fazia mais sentido para mim. E reconhecia a tristeza em dizer que Carmen não fazia mais sentido para mim. Eu a amava com o mesmo amor que dedicava a meus amigos de Porto Alegre, mas por mais que nos admirássemos e pudéssemos contar uma com a outra, nossos caminhos nunca coincidiriam, embora tivessem se cruzado e até seguido rumos paralelos por um breve período.

Esse é o inescapável problema de ser forasteiro. Você pode viver *na* cultura local, mas dificilmente vai viver a cultura local. Eu nunca teria os problemas que Carmen tinha. Ninguém esperava que eu casasse antes dos vinte e cinco. Eu nunca teria um marido para quem o número de filhos é medida de virilidade. Eu não era julgada por quantos homens levava para a cama (não abertamente), e eu nunca teria que obedecer a um horário para estar em casa.

Eu vinha de um microcosmo dos mais privilegiados. Era parte de um pequeno nicho dentro de um estado que já se esforça para ficar de fora do Brasil. Em qualquer país estrangeiro eu já era uma decepção por não ser uma mulata voluptuosa. Depois as pessoas esperavam que eu fosse capaz de ensinar passos de samba, que fosse cálida, latina e alegre o tempo todo, que fosse a alma da festa, mesmo quando não houvesse festa. Eu pensava nas manhãs de frio e neblina em que eu descia a Protásio Alves trincando os dentes, na melancolia das milongas, na chuva gelada das noites de agosto e em como era impossível que disso saísse alguém com a alma carnavalesca que esperavam de uma brasileira. Então eu apenas concordava e fazia aquela cara que fazem os homens que não gostam de futebol quando encurralados em uma roda de amigos que discutem o brasileirão. Você olha para o chão, tenta sorrir e diz sim, claro, sei, vou ali pegar mais uma cerveja e já volto e desaparece para sempre.

Com tanta experiência em bancar a estrangeira no próprio país, era de se imaginar que eu saberia ser estrangeira em qualquer lugar do mundo. Mas todas as nossas diferenças criavam uma barreira entre Carmen e eu, e acredito que ela nunca poderia ser inteiramente transposta. Nossas histórias eram diferentes demais para que encontrássemos chão comum. Poderíamos nos considerar amigas, eu sabia que pensaria nela para o resto da vida, mas nunca sentaria em uma mesa de bar com Carmen para jogar conversa fora por doze horas ininterruptas. Nos faltavam as mesmas referências, o mesmo senso de humor, ela jamais entenderia uma piada sobre briefings ou sobre consumo irônico (quando irônico era que existisse no mundo algo como o consumo irônico enquanto Carmen mal tinha acesso ao consumo franco).

Quando ela foi atrás de mim na Plaza de Armas para dizer que iria à casa dos pais no sábado seguinte, perguntou, cheia de esperança, se eu não queria ir junto. Poderia conhecer seus pais, sua mãe cozinhava muito bem, poderia conhecer seu cachorro, e a casa era bem maior que a da tia e a da avó. Agradeci, mas disse que seria melhor ela ir sozinha e aproveitar os pais. Ela pareceu chateada, embora não tenha dito nada, apenas que me daria o endereço caso eu mudasse de ideia e que ela não tinha esquecido sua dívida, que me pagaria assim que pudesse. Garanti que não me importava. Ela teve que sair correndo por causa do horário, e eu não sabia, então, que essa seria a última vez que a veria porque ainda não sabia que decidiria ir embora dois dias depois.

Eu já tinha feito o check-out do hostel, me despedido de todos os funcionários e esperava por Lucho com a mochila nas costas. Não sei bem como foi que ele e eu decidimos sair de Cuzco juntos, mas foi na noite anterior, durante uma festa que incluíra inúmeras cervejas e doses de pisco, o que explica por que eu não lembrava como decidimos, e não explica como lembramos, na manhã seguinte, o que havíamos decidido. Mas era um bom dia de sol, e eu estava já segurando a porta aberta quando Lucho chegou na recepção mancando. Completamente bêbado na noite anterior, ele tinha jurado que podia dar um mortal para trás depois de subir uns passos na parede, como o amigo de Gene Kelly em *Cantando na chuva*, e a coisa não havia saído como o planejado. Tentando consolá-lo, quisemos reviver todas as cenas do filme e só conseguimos quebrar um sofá, sujar as paredes e encharcar os pés, e por isso Lucho vinha agora com tendões estragados e um sorriso torto.

Começamos nossa jornada pelas pequenas vilas perdidas em recônditos das montanhas de Cuzco. Eu passara por ali antes, cruzando as estradas em ônibus, e tudo que eu vira foram paisagens vazias pontuadas por uma ou outra casa. Mas quando nos detivemos nas casinhas e falamos com os moradores que eu me dei conta de que os Andes eram cheios de vida. Nos acolhiam à noite os pastores de alpaca, às vezes por nada ou por menos de um dólar. Nós tentávamos sempre deixar algo, sabendo que para eles era mais valioso receber frutas, cadernos e canetas coloridas para os filhos ou qualquer outro pequeno luxo industrializado do que dinheiro. A alpaca é um dos únicos animais capazes de viver acima dos quatro mil metros de altitude e, portanto, o principal meio de sobrevivência dos moradores.

Havia uma estranha combinação de inércia e trabalho braçal. Por longos períodos não há nada a ser feito além de sobreviver mais um dia. Até chegar o momento de abandonar as terras altas onde a agricultura é impossível porque as plantas não vingam e ir até os povoados mais baixos para trocar lã e carne por batatas, milho e trigo. O trajeto podia levar dias, e eles iam em pequenos grupos de pastores levando, ainda vivos, seus animais. O comércio era em feiras de escambo, e eles manejavam pouquíssimo dinheiro ao longo da vida.

A sobrevivência vinha ficando mais difícil. Em uma tentativa bem intencionada de inserir os pastores andinos no sistema capitalista, o governo repartira a terra entre as famílias em pequenas propriedades individuais. Aquelas montanhas que nunca antes tinham conhecido cercas, agora eram riscadas por arame farpado. O objetivo era organizar os rebanhos e aumentar a produtividade, mas alpacas precisam de espaço e, restritas a pequenos lotes, elas caminham menos, comem menos e adoecem mais.

Era também por iniciativa do governo que a criação de alpacas se tornava cada vez mais branca. O fio de lã branco é o mais cobiçado para a produção de luxuosos casacos de baby alpaca e quanto mais fino, melhor. Então graças a enviados governamentais que ministravam aulas nas montanhas, havia pastores que, apesar de não falarem quase nada de espanhol e se comunicarem apenas em quéchua, tinham noções básicas de genética e cruzavam seus animais em busca da lã mais cara. Os lucros aumentaram infimamente, e iam desaparecendo as alpacas cinzas, beges e marrons. Mas a diminuição da diversidade genética devia estar na parte mais baixa da lista de preocupações de uma família que precisava sobreviver com seiscentos dólares ao ano.

Ao mesmo tempo em que tentava otimizar a produção nas montanhas, o governo ajudou as comunidades campesinas agrícolas dos terrenos mais baixos promovendo a produção de grãos orgânicos para exportação. Era um negócio rentável. Tão rentável que os agricultores não estavam mais interessados nas feiras de escambo, já que ganhavam mais com a venda de seu produto para o mercado externo. No fim das contas, os pastores desciam as montanhas com suas alpacas brancas e magras e encontravam feiras sem gente com quem trocar mercadorias.

Ouvíamos as histórias desses deslocamentos o dia inteiro. Como Lucho não podia caminhar direito, passávamos tardes de ócio, contemplação e escuta. Ajudávamos as mulheres a cozinhar, ensinávamos umas palavras de inglês às crianças e eu enchia as famílias de perguntas, quantos filhotes uma alpaca tem ao ano?, como se faz o chuño?, vocês fabricam suas próprias roupas?, como os adolescentes fazem para namorar?, até que Lucho me olhasse com cara de enfado indicando que já era hora de deixar as pessoas em paz.

Viajar com Lucho estava sendo muito melhor dessa vez do que foram os primeiros dias. Algo mudou desde que eu lhe contara sobre Henrique. De certa forma, ele agora me tratava como igual. Eu tinha adquirido o direito de peregrinar pelo mundo sem objetivo certo. Que ele estivesse mancando também contava a meu favor, pois éramos obrigados a nos mover em um ritmo mais lento, que me sentava melhor. Manco, Lucho tropeçava nos meios-fios, esbarrava nas estantes dos armazéns derrubando todas as batatas e com frequência precisava da minha ajuda para carregar suas coisas, e tudo isso fazia com que sua arrogância se dissipasse. Lucho era mais agradável quando desengonçado e morto de vergonha.

No início ele evitava me pedir ajuda e negava quando eu oferecia. Quando não havia remédio e ele precisava de mim, era visível que seu orgulho saía um pouco ferido. Mas talvez porque eu insistisse, ou porque a repetição tem poderes tanto para desencantar o que é bom como para amenizar o que é ruim, Lucho se acostumou a ter auxílio e eu desconfiava que ele até começava a gostar. Talvez receber cuidados fosse novo para ele e era como se nisso descobrisse um novo divertimento. Se no princípio ele me impedia de carregar todas as sacolas de compras, agora era capaz de pedir que eu lhe fizesse um chá de coca ou lhe alcançasse a velha lata de Minâncora onde guardava maconha para que ele não precisasse se levantar.

Quando seu pé estava quase bom, Lucho sugeriu que fôssemos a Choquequirao, o que significava quatro dias de caminhada. Fui contra, porque se no meio da trilha ele precisasse ser carregado, eu não teria forças nem para tirá-lo do chão. Mas o argentino foi irredutível porque Choquequirao não apenas era um complexo arqueológico que, quando inteiramente desenterrado, prometia ser maior que Machu Picchu, como era um dos únicos lugares que ele ainda não conhecia no país. Concordei em ir desde que descobríssemos a data de saída de algum grupo de turistas, assim poderíamos partir um dia antes e, caso tudo desse errado e Lucho morresse ou uma cobra nos picasse ou pegássemos malária, os turistas nos encontrariam pouco tempo depois à beira do caminho.

Fomos a Cachora, de onde começaríamos a caminhar. Decidimos levar todas as nossas coisas para, ao final do trajeto, irmos direto a Huanipaca, sem precisar retornar ao ponto de partida. Dormiríamos os dois na barraca de Lucho, já que eu não tinha uma. Lucho amarrou uma faixa de neoprene no tornozelo, mais simbólica que funcional, e partimos para Choquequirao.

O primeiro dia foi fácil. Entusiasmados e cheios de energia, caminhamos oito horas sem parar. As mochilas ainda não pesavam e a falta de ar não incomodava. O segundo dia já começou mais duro. Minhas costas doíam, o tornozelo de Lucho doía e passamos o dia discutindo sobre quem tinha ocupado mais espaço na barraca durante a noite. Em meio à briga, só conseguimos concordar em fazer um longo almoço e descansar os pés. Tínhamos levado sanduíches, frutas e outras comidas que não exigiam fogo.

Armamos nosso piquenique e, de forma calculada demais para que resultasse simpático, Lucho quis enumerar as coisas que gostava em estar na natureza. Se ele achava que falar de árvores, flores e pássaros ia ofuscar o fato de que ele tinha me chutado a noite inteira, estava muito enganado. Depois de ter xingado a minha mãe, a própria mãe e a mãe de deus cada vez que tropeçava em uma pedra, vinha me falar do barulho da água do riacho correndo entre as pedras, do cheiro das folhinhas de senecio quando esmagadas entre os dedos, do azul absoluto do céu límpido. O hippie bipolar de merda.

A natureza que fosse para o inferno. Todo céu é igual.

Ou quase.

Ou talvez... olhando bem, se eu prestasse atenção, era mesmo mais azul o céu daquele trecho do mundo. E era tranquilizador o ruído da água. Havia um cheiro bom em tudo, até mesmo no ar, que talvez fosse o cheiro do planeta antes da poluição. E Lucho ficava mais bonito ao ar livre, despido da costumeira aspereza que sombreava seu rosto.

Deitei sobre a grama, com roupas enroladas em travesseiro, e desconfiei que toda meditação era desnecessária e que ninguém precisava de velas para entrar em contato com suas camadas mais interiores. Bastava estar no presente, coisa que é bastante mais fácil de se fazer quando no meio do nada. Não se pode experimentar a ausência de distrações em uma cidade superpovoada com conexão à internet e sinal de celular. Nenhum lugar onde haja decisões a serem tomadas. Por isso nossa caminhada era bela, não havia interação com nada que não estivesse ao alcance das mãos. Todo contato era direto, sem intermediadores nem interfaces. Comíamos o que tínhamos na mochila e dormíamos quando tínhamos sono. Não havia necessidade de dúvidas.

E tínhamos apenas o necessário para estar vivos, que é uma boa forma de liberdade. Claro que dali a algum tempo eu sentiria falta de cinema, depilação com cera e café expresso. As coisas que me aprisionavam eram confortáveis demais para que eu abrisse mão delas. Mas eu podia fazê-lo por alguns dias, semanas, e talvez encontrar meu caminho do meio alternando entre dois caminhos diferentes. Andamos até o cair da noite e fincamos acampamento. O tornozelo de Lucho estava inchado. Tentei me encolher na barraca e deixar mais espaço para ele.

Lucho voltou a mancar no terceiro dia. Eu não conseguia carregar nada mais do que eu já tinha nas costas, então era impossível ajudá-lo. Nosso ritmo de caminhada despencou. Nos consolava que já estávamos no meio do caminho e que havíamos levado comida para um dia extra. Ele não gritava mais ofensas ao céu, e eu intuía que quando Lucho sofria em silêncio era porque sofria mais. Sua boca se deformava em contorcionismos de dor a cada trecho de subida. O pé machucado pisava o chão apenas com a parte da frente e sempre de lado e, quando ganhava apoio, o pé bom não dava um passo, mas um salto que tentava não colocar peso no pé ruim. A cada tanto, ele agarrava um galho para bengala, mas os atirava longe pouco depois, enfurecido porque quebravam, ou tinham espinhos ou eram curtos.

Quando paramos à tarde, tínhamos avançado pouco. O maior problema em considerar alongar a excursão em um dia era pensar que isso alongaria o sofrimento de Lucho em um dia. Eu estava recolhendo as coisas do almoço quando nos alcançou o grupo de turistas que tínhamos previsto antes de partir. Eles pararam para nos cumprimentar e decidiram almoçar também por ali. Era um grupo pequeno. Além do guia, estavam um casal belga de meia-idade e dois bolivianos abaixo dos trinta.

— Somos de Santa Cruz de la Sierra — um dos bolivianos fez questão de aclarar.

Eu vinha me acostumando com esse tipo de ressalva desde Lima. Sou de Lima, mas de Miraflores. Sou peruano, mas de Cuzco. Ouvi um equatoriano, mas de Cuenca, e os bolivianos sempre eram de Santa Cruz ou de Sucre. Eles nomeavam as regiões mais abastadas do país em um tom que deixava claro que eles não pertenciam à pobreza terceiro-mundista. Muitos agregavam ao currículo um curso universitário ou, quando se apresentava alguma conta, bradavam eu pago, tenho dinheiro. Outra vantagem das montanhas: não havia nada que pudesse ser comprado.

Os quatro turistas estavam bem menos cansados do que nós. Carregavam apenas uma mochila pequena, e o guia transportava a comida de todos, além de um fogão de camping e panelas. O casal belga estava preocupadíssimo com o pé de Lucho. Ideias disparatadas como chamar bombeiros e um resgate em helicóptero saíam da cabeça da mulher. Um pouco menos iludido, o homem cogitava construir uma maca ou um carrinho de mão. Já os bolivianos faziam coro ao descaso de Lucho, o coro do isso não é nada, caminhando passa, já tive coisa bem pior.

Apenas quando Lucho se levantou — havíamos decidido seguir caminhando todos juntos — é que os bolivianos reconheceram a gravidade da situação. Lucho mancava de um jeito duro e cravado, e a mochila que balançava para a esquerda lhe dava golpes no ombro a cada passo. Nossos novos acompanhantes quiseram ajudar. Lucho não ofereceu resistência. Entre os quatro, eles combinaram um sistema de rodízio para carregar a grande mochila, enquanto Lucho levaria apenas a mochila pequena do voluntário da vez.

O guia peruano chamou o senhor belga para uma conversa afastada do grupo. Eu via que ele não estava contente: imitava os passos arrastados de Lucho e apontava para o sol, preocupado com o tempo que tomaria o resto da viagem se fossem caminhar no ritmo do manco. O belga fazia gestos de negativa com as mãos e nessas mímicas de nem pensar deve ter ficado resolvido que eles não nos deixariam para trás.

Caminhamos até o anoitecer. O guia reclamou que não estávamos onde deveríamos e teríamos que acordar mais cedo no dia seguinte. Para quem não via um despertador há meses, a ideia de ter que acordar a qualquer hora nos parecia quase alienígena, mas não estávamos em posição de contestar nada, então aceitamos o no más tarde que cinco y media imposto pelo guia e fomos dormir.

O tornozelo de Lucho continuava em seu processo de lua crescente, mas estávamos animados com a ideia de que aquele seria o último dia de peregrinação. Continuamos com o rodízio das mochilas e Lucho era inundado por palavras de incentivo. Apenas o guia ia ensimesmado e nem tentava disfarçar os olhares contrariados. Apesar disso, foi ele quem ofereceu a Lucho um prato de comida quente no almoço. Se via que era um desses homens bons que tentam ser duros, mas fracassam.

Pouco depois de comer, chegamos às ruínas. Não havia muitas construções. Duas casas desenterradas e um grande templo com altares. O resto não passava de muretas que emergiam da terra e faziam desconfiar que havia toda uma cidade ali embaixo. Em extensão, Choquequirao era gigantesco. Os traçados de pedra se alongavam por quilômetros no gramado verde.

O grupo se dissipou pelo sítio arqueológico e Lucho sentou sobre um dos muros com um sorriso e uma careta de dor.

— Você quer caminhar por aí? — perguntei.

— Não — ele suspirou. — Não, eu vejo daqui.

— Posso deixar minhas coisas com você?

Larguei minha mochila perto de Lucho e fui caminhando sobre a mureta como as crianças que se equilibram no meio-fio da rua. E como acontece às crianças, minhas pernas comunicaram ao meu cérebro que tinham vontade de correr. Só por correr. Tirei os sapatos, pulei no chão e saí em disparada, a grama úmida entre os dedos dos pés, o vento no nariz e nas orelhas, meus braços que se abriam sem que eu mandasse. Corri até acabar o ar e, com a mesma disposição com que eu começara a correr, parei. Apoiei as mãos nos joelhos, esperei retomar o fôlego, respirei fundo. O chacoalhar da corrida fez com que algo se assentasse. Ideias soltas se acomodaram e se encaixaram em novos formatos. Dei meia-volta e caminhei devagar até Lucho. Eu tinha feito o que viera fazer em Choquequirao.

Saímos das ruínas na direção de Huanipaca. Ali nos despedimos dos novos amigos. Eles tinham uma van esperando para retornar a Cachora. Eu e Lucho ficaríamos por ali.

— Esse foi outro encontro afortunado — comentei. — Não sei o que teríamos feito sem eles.

— As coisas sempre encontram um jeito de dar certo.

Era uma frase engraçada vindo de alguém que tinha o tornozelo inchado ao tamanho de uma cabeça de bebê. Encontramos uma pequena hospedagem e depois que Lucho se jogou na cama, saí para percorrer as ruas. Passei por uma lan house que devia sediar os primeiros computadores fabricados na história e aproveitei para mandar um e-mail a Carmen desculpando-me por ter ido embora de Cuzco sem me despedir. Eu a tinha abandonado e me culpava por não ter aceitado o convite de ir com ela, nem que fosse por uns dias.

Huanipaca me deu tudo que eu precisava. Um pouco de isolamento e solidão. Mais um pouco de tristeza. Um pouco de arrependimento. Os ingredientes essenciais do sossego.

Eu saía para longas caminhadas enquanto Lucho ficava no hostel alternando sacolas de gelo com bolsas de água quente. A beleza de lugares minúsculos como esse é que em dois dias eu já era conhecida como a brasileira pelo povoado. Em um lugar onde a maioria dos viajantes fica por uma tarde, entre descer de um ônibus e subir no próximo, eu tinha virado atração turística. A dona da fruteira sugeria bananas para o meu amigo doente, achando que ele sofria de câimbras. O senhor da venda da esquina me cumprimentava pelo nome e se despedia dizendo que dios le bendiga. A senhora da lanchonete onde eu pedia comida para levar a Lucho me dava recomendações alimentares e me repreendia: de novo batatas fritas? E o menino que passava o dia em frente ao açougue me perguntava hoje não leva nada?, e eu nunca sequer havia entrado ali. Depois de quatro dias em Huanipaca, fui comprar pães e café na venda da esquina e o senhor não tinha troco para minha nota de dez soles. Ele me devolveu o dinheiro e disse você me paga amanhã, que dios le bendiga, o que me comoveu quase às lágrimas porque era a primeira vez na vida que me deixavam pagar amanhã por qualquer coisa. Fui correndo contar a Lucho, que descartou meu entusiasmo com seu soberano desinteresse:

— Ah — disse sem me olhar.

Mas Lucho não se dava conta da grandiosidade do acontecimento, um desconhecido confiando em outro.

— O velho sabe onde você está hospedada, Sara.

Eu sorri:

— Cale a boca, seu amargurado.

Ninguém ia me tirar do paraíso da bondade humana.

Quando o tornozelo do meu azedo argentino tinha uma aparência próxima ao normal, recolhemos nossas mochilas, nossos sapatos embarcados, a garrafa térmica de Lucho e minha renovada fé na humanidade para seguir viagem.

Com frequência as pessoas presumiam que nós éramos um casal, e nos divertíamos inventando histórias. Fomos irmãos separados no nascimento que recém se reencontravam. Fomos um casal no meio de um divórcio que viajava junto para garantir que o outro não gastaria muito antes da divisão de bens. Fomos primos levando as cinzas de nossa avó a Machu Picchu. Inventamos que havíamos nos conhecido na noite anterior e nos casaríamos em julho. As pessoas acreditavam. As pessoas têm um desejo profundo de acreditar, e basta lhes dar alguma coisa remotamente crível para que elas se sintam agradecidas por você ter contado algo. O mundo está carente de histórias.

Jamais soubera, até então, o quão rápido é possível se adaptar a novos contextos. Foi coisa de duas semanas e eu já estava acostumada a banhos frios, a cortes de luz no início da noite, a chamar de mamita senhoras que eu jamais vira antes e a ter que conversar com quinze pessoas antes de obter uma resposta objetiva a uma pergunta simples. Quando tocava a campainha de uma casa que alquilava habitaciones, já olhava em volta porque ia aparecer alguém gritando do outro lado da rua que eles alugam quartos aqui, mas moram do lado de lá, e têm uma venda no meio da quadra e avise se você precisar lavar roupa, porque eles têm umas máquinas no pátio e cobram pouco. Eu já sabia que na primeira compra em qualquer lugar me convinha bater um papo para deixar claro que eu não era gringa antes de perguntar qualquer preço. E quando embarcamos para Paracas, me vi ajudando uma senhora a amarrar suas galinhas mortas pelos pés em um exuberante ramalhete galináceo. Lucho ainda me olhava surpreso quando esse tipo de coisa me saía com naturalidade. Ele não sabia que eu estava me apaixonando pelo mundo. Queria fazer tudo e qualquer coisa. Aceitava o que a vida me jogasse. Eu queria tomar tudo do mundo e dar tudo de mim. Queria ter tudo. Queria ser tudo. E tudo que fosse, queria que fosse eu. Montanhas-eu, xícaras-eu, oceano-eu, ônibus-eu, terra-eu, galinhas-eu. O mundo estava em mim e eu só queria correr mundo até acabar o horizonte.

Decidimos acampar em Paracas. Era a primeira praia que eu via em muito tempo e fazia calor. O lugar estava vazio, a baixa temporada chegava rápida e definitivamente. Encontramos um espaço debaixo de árvores, armamos a barraca e saímos em busca de sol e areia.

— Deveríamos visitar as ilhas — eu disse quando nos jogamos na beira do mar.

— Eu já conheço.

— Não quer ir de novo?

— Se você faz questão.

No dia seguinte fomos às Ballestas, um grupo de pequenas ilhas rochosas onde se chega com menos de meia hora de barco. Entre as enormes rocas não há praias, então não podíamos descer da lancha. Íamos com um grupo de turistas em um barco que, à velocidade máxima, investia contra ondas contundentes, e meu estômago não pôde lidar bem com o sobe e desce. Avisei Lucho — mais com um empurrão do que com palavras — que precisava vomitar e me pendurei para fora da lancha. Ele gritava para o capitão parar um segundo e segurava meus cabelos para trás. Nossos esforços tiveram relativo sucesso. Meus cabelos estavam limpos, o casco externo do barco estava coberto pelo meu almoço e eu tinha uma dúzia de narizes torcidos na minha direção.

Como as pessoas não pudessem me abandonar nas ilhas ou me lançar ao mar, seguimos o passeio em um silêncio constrangedor. Eu tinha ganhado um pequeno perímetro de espaço pessoal já que ninguém queria se aproximar de mim e pude até esquecer que dividia a embarcação com mais gente. Ao meu lado, Lucho já não dava a mínima importância para esse tipo de coisa. Estávamos dividindo quartos há semanas e tínhamos alcançado essa intimidade que só a convivência aguda proporciona. Ele sabia quando eu menstruava, eu escutei suas diarreias pelo menos três vezes porque ele acreditava que comida de rua era a verdadeira gastronomia local, costumávamos sentar juntos para cortar as unhas dos pés e já há uma semana dividíamos o mesmo desodorante. Tínhamos uma intimidade de corpos tão cômoda que era difícil nos assustar com qualquer coisa.

Ao redor das ilhas, parecia haver mais pássaros que ondas do mar. As revoadas de andorinhas, gaviões, gaivotas e pássaros que eu não reconhecia criavam nuvens de movimentos vertiginosos de uma ilhota a outra. Em cima das pedras, pinguins disputavam terreno. Em dois conjuntos de pedras mais distantes, centenas, talvez milhares de lobos marinhos tomavam sol e se ocupavam de seja lá quais forem os afazeres diários dos lobos marinhos. Ainda antes de vê-los, se podiam escutar seus uivos. Era uma cortina de gritos amedrontadora mas, quando estávamos perto o suficiente para ver os animais, eles se mostravam os mais pacíficos dos seres vivos. Eu dava tapinhas nos braços de Lucho para chamar sua atenção, mas ele mantinha seu ar blasé de homem que já viu de tudo.

À noite no acampamento, colocamos os sacos de dormir para fora da barraca e deitamos para ver as estrelas. Lucho fumava um baseado e puxava assuntos desconexos que descartava a cada trinta segundos com a sem-cerimônia de quem vira as páginas de um jornal que não está lendo. As estrelas do hemisfério norte, a obra de Mario Vargas Llosa, a maconha boliviana, a nacionalidade do Tango, e quando ele começou a devanear sobre a extração de pedras no Chile, me dei conta de que não estava com o colar de ágata. O único acessório que eu tinha trazido do Brasil. Levantei em um pulo e me joguei dentro da barraca para procurá-lo. Lucho não se moveu mas perguntou se eu estava enjoada de novo. Gritei que tinha perdido algo, algo importante.

Tateei todo o chão da barraca e não encontrei nada. Eu tinha certeza de que não o tirara, mas na esperança de ter guardado e esquecido revirei todos os bolsos da mochila. Nada. Joguei a mochila para fora e comecei a tirar tudo de dentro. Lucho ficou um pouco alarmado. Antes que ele perguntasse, repeti que havia perdido algo importante, que não encontrava o colar que eu usava sempre. Ele me pedia calma. Eu sacudia todas as minhas roupas esperando o momento em que meu colar cairia no chão — o que nunca acontecia —, e depois as jogava em uma pilha na grama. Passava a um novo bolso e, diante do fracasso, voltava ao anterior, enquanto Lucho pegava, uma a uma, as roupas jogadas no chão e as dobrava de novo. Quando me dei por vencida, no meio de repelentes e hidratantes espalhados ao meu redor, disse a Lucho o que ele já sabia:

— Acho que perdi meu colar.

— Você estava com ele de manhã. Deve ter perdido quando vomitava no barco.

O barco. Eu tinha quase me jogado para fora, Lucho agarrara meu cabelo e eu tinha tirado o meu casaco de qualquer jeito, era possível que tivesse arrebentado a correntinha entre tudo isso. Senti uma agulha no peito. Era meu colar preferido, eu disse, eu adoro a ágata negra. Aquilo não era uma ágata, ele respondeu. Claro que era uma ágata, que mais seria? Aquilo era uma obsidiana, eu sei por que brilhava como vidro. Ele parecia mesmo saber. Meus olhos umedeceram. Respirei fundo, olhei para cima e não deixei que o choro caísse. Lucho se deu conta, embora ainda meio chapado, e tentou me consolar. As obsidianas também são excelentes pedras, são vulcânicas, explicou. Engoli em seco. São muito bonitas, ele disse.

Lucho jogou minhas coisas para dentro da barraca e voltou a deitar sobre o saco de dormir. Esperei que as lágrimas voltassem aos seus lugares e deitei de novo ao lado dele. Não tinha vontade de conversar e ele respeitou meu silêncio. Apenas quando me movi para me enfiar dentro do saco de dormir, ele se deitou de lado e disse:

— Sabe, Sara, é normal que os viajantes percam coisas. Chaves de quartos de hotel, cartões de memória fotográfica, meias soltas debaixo da cama, um punhado de ilusões, uma pilha de preconceitos, alguns amores, e, por fim, também, os colares de pedras que não são ágata.

Me virei de lado para poder vê-lo. Ele tinha a cabeça apoiada sobre um braço e um ar melancólico.

— Essa é a diferença entre viajantes e turistas. Turistas voltam para casa com malas mais pesadas. Viajantes voltam com mais leveza.

Foi a primeira vez que eu vi melancolia no seu rosto e lhe caía bem. Ele esticou uma mão até mim, deslizou o dedo indicador pelo meu nariz dizendo você já vai esquecer disso e cantou:

Dicen que viajando se fortalece el corazón
Pues andar nuevos caminos
Te hace olvidar el anterior

Era uma das minhas canções preferidas de Mercedes Sosa. Eu a conhecia dos velhos discos herdados do meu avô. Fazia anos não a ouvia, desde que eu fora morar com Henrique e aos poucos restringi meu gosto musical ao nosso gosto musical e pus de lado o que ele não gostava. Pedi que Lucho parasse:

— Não cante. Essa música me inquieta.
— Como?
— Tenho vontade de me apaixonar.

Ele sorriu, fechou os olhos e adormeceu cantarolando:
Y así encuentras una paloma herida
Que te cuenta su poesia de haber amado
Y quebrantado otra ilusión

Levantamos acampamento ainda sem saber para onde iríamos, mas Paracas estava feito uma cidade fantasma e queríamos um pouco mais de movimento. Lucho estava considerando onde teria mais chances de vender artesanato ou encontrar trabalho, porque precisaria de uma nova fonte de renda em breve. Eu tinha minhas economias e nenhuma habilidade manual, então o próximo destino pouco me afetava. Foi enquanto falava que era hora de voltar à vida real que Lucho teve a ideia de ir à mina de estanho de Potosí, na Bolívia.

— Você já viu bastante das belas construções incas, que tal um pouco do lado escuro dos filhos do Sol?

Minas nunca tinham me despertado nenhum interesse especial, mas era verdade que até então eu só tinha me detido no que era belo e inspirador. Concordei com a excursão. Potosí estava a um longo caminho de distância. Pegamos o ônibus das quatro e deixamos para trás a maresia.

Diário de Sonhos # 1,
PRIMAVERA

Um piano de cauda toca sem que ninguém encoste em suas teclas. Movendo-se sozinho, posso ver como a música sai de seu interior e flutua pela sala. A música é feita de linhas que dançam ao som da música, ao som delas mesmas. Partindo-se em pedaços menores ou alongando-se, as linhas ganham a companhia de traços, pontos e espirais. Girando pela sala, elas se agrupam ao lado do piano e ensaiam desenhos. Pulando de um lado a outro, rabiscando e desfazendo, as linhas rascunham formas e desistem. Aos poucos, as menores começam a se assentar perto do chão, seguidas por outras mais compridas que se aproximam na vertical. As linhas se ajustam em traços humanos, se esticam e retraem em pequenas curvas e desenham uma mulher. Sou eu.

Treze

Lucho me apertou até que eu mal pudesse respirar. A súbita quietude da terra pareceu ter lhe provocado mais medo do que o terremoto. Seu nariz afundou no meu pescoço e tive a impressão de que seus olhos se umedeceram. Talvez ele estivesse esperando pelo fim definitivo. Eu me convenci de que a montanha nos deixaria ir embora. Agora eu queria acalmá-lo e tentei continuar a conversa.

— De onde você tirou a história do vendedor de chifles?

Escutei Lucho fungar o nariz e seus braços amansaram o aperto.

— Eu vi de perto.
— Lucho...?

Uma pergunta surgiu na minha cabeça com a rapidez de um relâmpago. Parte de mim quis saber a resposta. Mas parte de mim temeu que saber a resposta me tornaria responsável pelas consequências que surgissem. Tentei continuar:

— A história não começa na Bolívia. Mas na Argentina.
— Você notou.
— É você o vendedor de chifles?

Ele passou alguns segundos sem respirar.

— Não.

Ouvimos barulhos vindos lá de cima, os mineiros voltaram a trabalhar no topo do túnel. Lucho me soltou. Ainda ajeitou meus cabelos antes de se levantar e dizer:

— Eu sou a irmã.

O Fraile gritou lá do alto:

— Acho que já podemos tirar vocês daí.

Sob a luz do sol, livres da nossa prisão de terra, com os pulmões cheios de ar e alívio, falamos sobre ir embora de Potosí. Quando todos os trabalhadores estavam fora da mina e a terra descansava em quietude, o Fraile se aproximou de nós com uma cara pálida e avergonhada. Ele tinha os olhos marejados quando pediu desculpas por ter nos colocado naquela situação e suas desculpas se multiplicavam em repetições tão frenéticas que era difícil encontrar uma pausa para lhe dizer que não o culpávamos. Nós o havíamos buscado e foi responsabilidade do acaso que entrássemos na mina no dia de um terremoto. Com os olhos cravados no chão, o boliviano colocou a mão no bolso e puxou quatro notas de dois dólares.

— O resto eu gastei, sinto muito, mas vou devolver se vocês esperarem — ele disse.

Lucho empurrou sua mão de volta.

— Você fez o seu trabalho.

Então foi Lucho quem puxou um punhado de notas do bolso e as colocou na mão do Fraile. Daqueles olhos marejados, uma solitária gota escorreu e pude ver o seu pescoço saltando para fora enquanto ele engolia em seco. Abraçou Lucho, me abraçou, fechou as mãos em punho e disse gracias de uma maneira tão sincera que ninguém mais deveria ter o direito de usar a palavra depois dele. Ele passaria um bom tempo sem trabalho devido aos estragos deixados pelo terremoto, aquele dinheiro talvez fosse sua salvação para as próximas semanas.

Porque as mentes aflitas sempre encontram mansidão em águas profundas, fomos, em um movimento automático sem combinação prévia, ao lago Titicaca. Saímos no mesmo dia do terremoto e enfrentamos longas horas de viagem devido às estradas interditadas. Mas era necessário chegar à água. Os incas acreditavam que o sol é nosso pai, e a terra, nossa mãe. Me perguntava que espaço na árvore genealógica ocupam as águas. Alugamos um quarto em Copacabana, uma vila de pescadores e de recentes "profissionais do turismo" com pouco mais de três mil moradores, duas avenidas, uma pequena e precária rede hoteleira e um grande e bem consolidado marasmo.

Em um vilarejo onde o coral da igreja ensaia boleros populares, crianças correm em pandemônio ao redor do altar e carros novos são abençoados pelo padre e adornados com guirlandas de flores, nos vimos obrigados a rever o que conhecíamos por culto religioso. Naquela vila que fazia do cristianismo uma festa, o único resquício da habitual soturnidade das igrejas estava escondido em um estreito corredor de pedra no qual os fiéis queimavam velas magras e compridas.

A estatueta de Nossa Senhora de Copacabana circulava de casa em casa. A santa era tão viajante que certa vez chegou até o Rio de Janeiro e batizou o bairro do calçadão ondulante. Mesmo sem dar a mínima para o deus católico, fiquei feliz que ele pudesse inspirar manifestações alegres em algum rincão do mundo. Além de punir, castigar e ameaçar, deus também se ocupava de salvar a vida de pescadores e baixar sua mão protetora sobre os carros bolivianos.

Não havia muito mais para fazer em Copacabana além de olhar o lago. Então olhávamos, olhávamos, se cansavam os olhos e continuávamos olhando. De azuis e verdes profundos que se estendiam até mais além da vista, o Titicaca servia de fonte de paz no meio de um país conturbado. Como uma gigantesca pedra de safira incrustada no meio de montanhas de esmeraldas, o lago atraía nossos olhares como as saias curtas das colegiais atraem os olhos de velhos Humberts, uma atração obrigatória e hipnotizante.

Lucho andava silencioso, o que se, por um lado, fazia eu me sentir sozinha de vez em quando, também nos aproximava ao nos unir em uma tranquilidade inabalável. Talvez os pastores que havíamos conhecido nas montanhas de Cuzco tivessem razão. Talvez o silêncio possua mais força que as palavras. Apenas agora, às margens do Titicaca, eu me dava conta de como haviam sido silenciosos aqueles dias nas montanhas. Como pouco foi dito, mas muito foi comunicado. Os indígenas não se intimidavam pelo silêncio. Eles podiam passar um dia inteiro sem palavras e isso não resultava em desconcerto nem tentativas constrangidas de encontrar um assunto. Existe muito para ser escutado além das pessoas, me disse um pastor antes de partir em uma caminhada de três dias à cidade quando eu lhe perguntei se ele não se entediava em ir sozinho. Lucho devia já saber que nunca se está em silêncio quando se sabe escutar, e deixava que o mundo falasse por nós, nós que ainda não sabíamos bem como traduzir o que havíamos vivido na mina de Potosí.

Eu lembrava das pessoas falarem em experiência de quase morte como um momento de renascimento. Diziam que voltavam à vida com outras prioridades: sabiam dar valor às coisas que importam. Talvez eu fosse tão pouco hábil em viver que também a morte me saía meio torta, porque eu não sentia que tivesse ganhado uma nova vida. Não tive um renascimento em Potosí, morri. Sob terra sul-americana, muito de mim ficou enterrado em escombros de estanho. Morreu a publicitária, a alcoólatra, a pretendente à esposa de diplomata. Morrer em Potosí me salvou de uma vida moribunda.

Depois de três dias de não fazer nada, Lucho começou a tecer pulseiras que pretendia vender em La Paz. Eu dediquei meus dias a subir todos os morros de Copacabana e molhar os pés na beira do lago. Copacabana era o tipo de lugar que dava vontade de ficar, de alongar os dias, esticar o tempo como se fosse um chiclete mastigado e permanecer ali em um eterno contínuo, em contemplação, sendo, estar só permanecendo, germinando.

No lado norte da cidade, atolados nas margens do lago, dezenas de pedalinhos em forma de cisnes se enfileiravam como em um parque de diversões desativado. Também eles olhavam o lago, expatriados e desejosos. Por pena dos cisnes, corri até a praça onde Lucho trabalhava no meio de um bando de artesãos maltrapilhos e o convidei para andar de pedalinho. Os outros hippies riram, decerto viram como uma gringuice turística querer subir em um cisne de plástico, mas Lucho sorriu em compreensão, se levantou em silêncio e, passando a mão pelas minhas costas, desceu comigo até o lago.

— Eles se veem meio tristes, não? — disse Lucho.

— Como brinquedos sem crianças — respondi.

Pedalamos para dentro das águas azuis e, conforme nos afastamos da margem, deixamos para trás o medo que havíamos criado sob a terra, e eu me despedia das inseguranças de estar sozinha, do medo de não fazer parte (da Pachamama, dos Andes, das cerimônias do fogo e das origens indígenas), do medo de estar em uma busca fadada a não encontrar coisa alguma, do medo de não estar à altura (de Lucho, de Henrique, de quem um dia quis ser), e, sobretudo, do medo de que aquela jornada fosse em vão. Depois de morrer em Potosí, velei e soltei minhas cinzas no Titicaca.

— O da mina — disse Lucho — ao menos vai ser uma boa história para contar aos netos.

— Que importam os netos? É uma boa história para levar consigo e isso basta — respondi.

— As histórias não valem muito se não são contadas.

— Claro que valem. Para quem as viveu.

— Mesmo quem viveu não conhece realmente uma história até que a tenha contado.

Coloquei a palma da mão sobre a água e, afundando apenas as pontas dos dedos, lhe contei:

— Hoje era meu voo de Lima a Porto Alegre.

Ele se virou para mim em um gesto brusco.

— E agora?

— Não sei. Seguir viagem.

A risada dele foi generosa e borbulhante.

— Assim de fácil?

— Se você consegue, eu também consigo.

Íamos já bem longe e eu imaginava que devia ser bonito para quem estava na margem ver um pedalinho de cisne navegando na distância, o pescoço sinuoso recortado contra o horizonte, nossos perfis na contraluz do entardecer. Quis estar lá para poder nos ver de fora, mas queria mais ainda continuar sendo quem éramos e fazendo o que fazíamos, não porque fosse melhor do que estar na margem, mas porque estar dentro do pedalinho era o que estava nas minhas mãos. Voltamos devagar e em silêncio.

Pisar na areia foi como chegar a um lugar novo, e caminhamos em frente às bancas de truta como se aquelas senhoras fritando peixe as vinte e quatro horas do dia já não fossem nossas conhecidas, e chegamos à praça da igreja como se não houvéssemos sentado naqueles bancos mil vezes antes, e Lucho e eu nos olhamos como se não tivéssemos passado os últimos três meses entre recuos e aproximações.

Gostava dele. Lucho era honesto e firme e desde que me contara sobre o irmão eu podia perdoá-lo por seus momentos de dureza e ver neles mais feridas do que desejo de ferir. Eu sabia que algo nos tornava iguais, como se tivéssemos sido feitos da mesma matéria e jogados em pedaços diferentes do mundo para tomar outras imagens. Como saídos do mesmo barro. Se algum dia houve um deus que no auge do seu tédio decidiu produzir criaturas em série e largá-las em uma grande pedra voadora, nossas fôrmas haviam saído da mesma fábrica. Meu vínculo com Lucho ia além do interesse, da atração ou da mera identificação. Era uma sensação de pertencimento. Não pertencer a ele, mas a uma categoria. Pertencer àqueles que conseguem levantar seu peso sobre suas próprias pernas. Àqueles que levam pouco peso.

Dias depois do pedalinho, ele quis ir a La Paz para vender sua produção. Arrumamos as mochilas e nos despedimos de Copacabana como quem se despede de uma vida. Sentamos no ônibus para La Paz e, pela primeira vez, depois do abraço subterrâneo para salvar vidas, depois de ter chorado minhas lágrimas nas suas pernas, depois de confessados nossos passados, pela primeira vez Lucho segurou minha mão e viajamos assim pelas quatro horas que nos separavam da capital, os dedos entrelaçados, a minha cabeça apoiada no seu ombro e a sua cabeça apoiada na minha. O lago se apequenava na janela e a estrada serpenteava morro acima.

Em La Paz, Lucho conhecia uma pensão onde fomos recebidos com chá e biscoitos amanteigados. Nos deram um quarto com duas camas magricelas e janelas que rangiam com o vento. Lucho tinha prometido me levar em ruas onde bancas de camelô vendem fetos de lhamas, onde crianças comem pele de frango frita e onde magia negra e magia branca concorrem por clientes, então eu estava ansiosa para sair às ruas. Mas Lucho estava exausto e se atirou na cama em um tropeço. Dormiu em segundos.

Sentei no chão, as costas apoiadas contra a cama e, em uma nostalgia antecipada tirei a câmera da mochila para rever as fotos que eu tinha feito até então. As placas de tsunami de Lima, os casebres de Huancayo, as linhas em Nazca, o sol sobre Cuzco, a glória em ruínas no vale sagrado, o silêncio dos pastores e então, depois das fotos da trilha a Choquequirao, uma foto que eu não reconhecia, tirada de mim e não por mim. Uma foto feita por Lucho infiltrada nos meus registros que mostrava eu a uns duzentos metros de distância. De quando deixei minhas coisas com ele e saí correndo ao fim do mundo. Ali estava a foto de uma minúscula garota, lá longe, correndo de pés descalços e cabelos soltos. Era eu. Eu no meio de um país estrangeiro.

Abri a escova de cabelo portátil com espelho embutido e me olhei de perto, aos pedacinhos, como permitia o reflexo diminuto. Um olho, o limite entre cabelo e testa, o nariz, outro olho, uma bochecha, minha boca, o queixo. Tudo onde sempre esteve. Talvez adicionadas umas manchas de sol, mas tudo idêntico a antes. Tudo igual exceto que diferente. Havia coerência, uma simetria entre a minha cara e o que ocorria dentro de mim. Depois de anos de tentar mudar de fora para dentro, sorrir para convencer a alma que se está alegre, arrumar a casa para arrumar a mente, eu me dava conta de que tinha mudado desde muito dentro. Algo tinha se transformado ou desvendado.

As pessoas costumam lamentar a decaída do corpo comparando o corpo presente a um corpo do passado. Antes eu não era assim, diz a recente surda, nunca tive problema nas costas, diz o mais novo corcunda. Não sei se é uma crença equivocada na permanência do bom ou uma crença equivocada na passagem do que é mau. Mas ao contrário do que as pessoas preferem acreditar, a maioria das coisas que nos acontecem são irreversíveis. Eu tinha ganhado manchas de sol que pareciam para sempre e meu olhar sobre o mundo não era mais o mesmo. Era mais brando e mais aberto. Foi com esses olhos transformados que olhei para Lucho dormindo e me preenchi até transbordar com a euforia dos três segundos em que se decide pelo apaixonamento ou por passar ao largo. Eu havia sentido uma infinidade de coisas por Lucho, mas esse era o momento de permitir me apaixonar ou guardá-lo em outra categoria, alguma categoria maior que amizade, maior até que o amor romântico e, por abarcar o amor romântico, ao mesmo tempo o impossibilita. Como quase todas as coisas que nos acontecem, muito do amor é acidente, mas muito é decisão. E da mesma forma que se decide dar um salto para dentro do amor, se decide abrir caminho através dele até escapar dos seus domínios. Era um recorrido que eu tinha caminhado em passos lentos, mas agora que eu estava livre daquele antigo amor, eu estava livre da necessidade de amar e graças a essa liberdade, era com amor incondicional que eu olhava Lucho dormir seu sono cansado.

Três segundos de euforia.

Na manhã seguinte, Lucho me levou à rua das bruxas, onde todos os vendedores ambulantes que ele me prometera estavam gritando preços e negociando trocas. Caminhávamos pelas ruas abarrotadas de gente de La Paz e Lucho conversava com os vendedores locais para se tornar amigo e ganhar o direito de circular por ali vendendo seu artesanato sem pisar nos calos de ninguém.

O mesmo misticismo de Cuzco se repetia na capital boliviana, onde curandeiros prometiam curar da frigidez ao câncer, passando pelo alcoolismo. Alguém anunciava um diagnóstico energético em uma esquina e cartazes em um poste vendiam sessões de limpeza mental. Talvez essa fosse a versão espiritual das revistas femininas. Uns nos dizem para limpar a pele e equilibrar os antioxidantes, outros nos dizem para limpar a aura e equilibrar as energias. Dar forma ao corpo e embelezar a alma. Era isso que nos vendiam, como se qualquer coisa relevante pudesse ser comprada.

La Paz é imensa e caótica e soube que não aguentaria ficar ali por muito tempo. Quando sentamos no meio-fio para comer batatas fritas com frango, eu disse que gostaria de seguir viagem ao Chacaltaya, um dos picos nevados mais altos da Bolívia. Lucho disse que agora não poderia, precisava aproveitar a oferta de um artesão dali para dividir uma banca.

— Preciso ficar pelo menos um mês — ele disse. — Aliás, acho que podemos negociar o preço da pensão se pagarmos o mês adiantado.

Ele falou da maneira mais casual imaginável, enquanto tirava da boca um pedacinho de cartilagem do frango. Sentado com as pernas cruzadas como em posição de ioga, ele tinha o saquinho de batatas fritas equilibrado sobre o joelho direito e o prato de papelão com uma sobrecoxa no joelho esquerdo. Tratei de soar calma:

— Não vou ficar um mês. Eu já vou embora.

Ele parou de mastigar, levantou a cabeça sem se virar para mim, fixou o olhar em algum ponto do outro lado da rua, franziu as sobrancelhas contra o sol, lambeu o dedão e o indicador da mão direita e me olhou.

— Então agora você segue sozinha?
— Agora eu começo sozinha.

Nada te importa en la ciudad

Si nadie espera

Y no es tan trágico, mi amor

Fito Paez, *Pétalo de sal*

À minha mãe, por me ensinar o valor do esforço (sem o qual este livro não sairia da gaveta).

Ao meu pai, por ensinar que palavras também são jogos.

A toda a família, pela constância de afeto (e almoços).

Aos amigos, tantos e tão bons, que há anos me forçam a seguir escrevendo.

A Atilio Bergamini, Rodrigo Vianna, Gustavo Faraon, Ana Laura de Freitas e Rodrigo Rosp, pelos comentários que transformaram este texto.

A Luiz Antonio de Assis Brasil, pelos ensinamentos do ofício.

Copyright © 2015 Julia Dantas

CONSELHO EDITORIAL
Eduardo Krause, Gustavo Faraon, Nicolle Garcia Ortiz, Rodrigo Rosp e Samla Borges
PREPARAÇÃO
Rodrigo Rosp
REVISÃO
Camila Doval
CAPA E ILUSTRAÇÃO
Luyse Costa
PROJETO GRÁFICO
Luísa Zardo
FOTO DA AUTORA
Felipe Schroeder Franke

DADOS INTERNACIONAIS DE
CATALOGAÇÃO NA PUBLICAÇÃO (CIP)

D192r Dantas, Julia.
Ruína y leveza / Julia Dantas. — 2. ed.
— Porto Alegre : Dublinense, 2024.
224 p. ; 19 cm.

ISBN: 978-65-5553-129-9

1. Literatura Brasileira. 2. Romances Brasileiros. I. Título.

CDD 869.9368

Catalogação na fonte:
Ginamara de Oliveira Lima (CRB 10/1204)

Todos os direitos desta edição
reservados à Editora Dublinense Ltda.
Porto Alegre • RS
contato@dublinense.com.br

Descubra a sua próxima
leitura na nossa loja online

dublinense .COM.BR

Composto em DOLLY e impresso na BMF,
em PÓLEN NATURAL 70g/m² , no OUTONO de 2024.